明队总是想谈恋爱

深井冰的冰
……
著
WORKS

江苏凤凰文艺出版社
JIANGSU PHOENIX LITERATURE AND ART PUBLISHING

图书在版编目（CIP）数据

明队总是想谈恋爱 / 深井冰的冰著 . -- 南京 : 江苏凤凰文艺出版社 , 2022.10
ISBN 978-7-5594-6551-1

Ⅰ . ①明… Ⅱ . ①深… Ⅲ . ①长篇小说 - 中国 - 当代
Ⅳ . ① I247.5

中国版本图书馆 CIP 数据核字 (2022) 第 002747 号

明队总是想谈恋爱

深井冰的冰 著

责任编辑 张 倩
出版统筹 曾英姿
选题策划 石 颖
特约编辑 张昊楠
封面设计 黄 梅
插画绘制 Dear 寻
出版发行 江苏凤凰文艺出版社
南京市中央路 165 号，邮编：210009
网 址 http://www.jswenyi.com
印 刷 长沙金鹰印务有限公司
开 本 880mm × 1230mm 1/32
印 张 8
字 数 175 千字
版 次 2022 年 10 月第 1 版
印 次 2022 年 10 月第 1 次印刷
书 号 ISBN 978-7-5594-6551-1
定 价 45.00 元

C O N T E N T S

目录

love

目录

love

CONTENTS

第一章

希望今晚不要出事。

简意怀揣着只露出一个镜头的DV，在安静的地下停车场里绕了半圈，越走心越慌。

她的领导张斐然刚下令，今天周刊还差两条新闻，责令她在十点以前务必交上去至少一条。

和她一个组的韩冲翘班去陪女朋友，把蹲点演员李思录的任务丢给了简意一个人，临走的时候还故意吓她：“你可别再拍出条人命来。”

简意入职湖城娱乐周刊才三个月，刚入职那会儿她第一次独立蹲守一位歌手，刚蹲了两天，这个歌手就割腕自杀。

简意是第一个目击证人，虽然当天就排除了她的作案嫌疑，后来也证实了该歌手确实是自杀，但警察还是关了她几天。

正好那天她没顾得上吃饭，关进去的头一天，警局忙成一锅粥，她甭说吃饭了，连口水都没得喝。在她满脸菜色快要饿晕过去时，一个身形高大的男人端着一碗炸酱面推门进来，简意以为他是张斐然打通关系派来给她送饭的同事。

简意双手扒着拇指粗的铁条摇晃着站起来，舔了舔脱皮的嘴唇，半天才发出两个字：“谢谢。”

男人瞧了她一眼：“不谢。”

然后，他把碗搁在桌上，拉过来一把椅子坐下，拿起一双一次性筷子掰开，在碗里搅拌了几下，挑起一筷子面塞进嘴里。动作行云流水，一气呵成。

接着男人迎上她复杂的目光，又挑了一筷子面塞进嘴里，这次，有声音，吸面条的声音。

寸头，满脸胡楂，目光深邃，鼻梁高挺，一张脸在古铜肤色的衬托下更显立体。

简意盯着他沾满酱的嘴唇，恨不得扑上去咬烂：“我两天没吃东西了。”

“那你比我厉害，”男人伸长左腿，钩过来一张椅子，左脚踩在上面摆了个极其舒坦的姿势，“我才一天没吃。”

简意把眼睛瞪圆，张了张嘴想骂人，到底咽了回去。这人是警察。

男人平静地看着她：“省着点儿气力。”

“人不是我杀的，”简意歇了好半天，才有力气说完下半句，“我就是报了个案。”

言下之意，你们就是这样对待报案人的？

“锦旗正在做。”男人嚼着面说。

简意一脸疑惑望着他。

男人解释：“十佳市民奖。”

简意忍住骂他的冲动，手扒着铁条绝望地闭上眼。她耳边环绕的都是男人吸面条的声音。

他绝对是故意的！

“简意，娱乐周刊实习生，入职一个月，娱乐圈跟地震似的，接二连三地出事，居家好男人出轨，当红演员入狱，现在直接出了人命。”男人呼噜完面条，把碗一推，“说说吧，这是怎么回事？”

我怎么知道这是怎么回事！简意内心在无声哀号。

张斐然把她从里面捞出来的那天，市局院子里，简意瞥见那个男人从警车里跳下来，有警员迎上去递给他一份文件：“明队，你要的东西。”

男人接过来扫了眼，抬起手在那个警员头上拍了一下，警员摸着脑袋呵呵笑着跟在他后面。他走路生风，扇起她的一缕头发，接着无视她，往办公大厅门口走。

他的样子，简意说不上来，总之很欠揍。看见他就心烦，这种烦根本不需要任何理由。

简意揣着股无名火，快走两步挡在他面前，挑衅问道：“警察同志，我的锦旗呢？”

男人微眯眼，上下扫了她一圈：“正在做。”

“你们警局办事效率不过如此，一面锦旗也要做几天。”简意揶揄道。

“你想写什么？”男人问。

“十佳市民。”简意表情冷淡地说。

“一分钟。”男人若有似无笑了下。

男人把手里的文件塞到身边警员手里，转身大步走回警车前掀开后备厢盖，从里面拽出一条红布。随后，他双手扯着红布一撕，手里抖落出了一块长一米宽半米的红布。

简意瞠目结舌。

男人弯腰从一堆杂物里摸索出一个黑色马克笔，然后，他拿起红布合上后备厢盖，把红布铺在上面，左手按着红布一角，右手拿着马克笔在上面挥字。

顷刻，他直起身，朝着简意扬了下眉，右手拿着红布一抖。

中间竖着排列的四个加粗的大字——十佳市民。右上方竖着三个小字：赠简意。左下方竖着三个小字：明队赠。

简意定在原地，还有这种操作？

男人把“锦旗”塞到她手里，瞧了她一眼，一声不吭就走了。

回神后，简意揣着DV在停车场里转悠了个遍，终于在一个角落找到了李思录的专车。怪不得没见他的车离开过，车在这里，人应该早就乔装了一番坐别的车离开了。

简意一阵沮丧。反正人不在，她干脆大摇大摆亮出DV，光明正大地对着他的车一通拍后，背靠着柱子低头检查刚拍好的照片。

图像拉大，简意眉头皱成一团，车里好像有人。

李思录在车里？天助我也。

简意把DV调到摄像功能，轻手轻脚一步步靠近。

发动机的嗡嗡声越来越响。李思录启动车要走？她等了一会儿，车稳稳停着，没有启动的迹象，驾驶位上直挺挺坐着一个人，一动不动。

李思录不会是出事了吧？

简意脊梁骨蹿上一股凉意，她实在是不想再去公安局走一趟，尤其是不想再见到那个吸面条的男人……

突然一道车灯晃了下她的眼，把简意从恍神中拉回来。她拿着 DV 蹲到一个柱子后，一口气还没喘匀实，左前方一辆黑色的 SUV 朝着她撞过来。

酒驾？这还没出停车场呢！

简意灵巧避开，SUV 撞在柱子上。

“砰——”很响的一声。

简意瞬时出了一身冷汗，但凡晚一步，她就成了汉堡中间的那片肉。她原地愣怔的功夫，SUV 倒车，调了个头，再撞了过来。

跑！

简意只有一个念头——跑，死命跑。

她以前做过一段时间的社会新闻记者，做暗访的时候，常常会遇到这种事，因此练就了一身逃跑的本事。

社会新闻记者有生命危险，现在做个娱记，还是逃不出这个命。有谁会想杀一个娱记？

简意在停车场里绕了两圈才跑出去。

停车场出口正对着马路，五百米右拐有个岔路口，岔路口向左是条夜市街。现在晚上九点半，正是夜市热闹的时候。

简意大脑快速冷静地分析着路线，一秒不敢停留，朝着岔路口一路狂奔。眼看就要到岔路口，人行道上突然伸出一只手，抓着她的领口一把拎起她。

SUV 擦身而过，向前驶去。

“不要命了？”磁性低沉的男声。

男人望着消失在黑夜里的 SUV，保持着左手拎她的动作，右手从裤兜里掏出手机拨了一个号：“黑色本田 UR-V，湖 A782K5，花园路东向北行驶……”

简意被他提起来的那瞬间，大脑一片空白，心脏突突突猛跳，直直蹿到头盖骨又失重回落卡在嗓子眼，她还以为要被车撞飞了。

是男人沉稳的声音把她的灵魂拉回人间。

寸头，一张立体的脸。炸酱面，锦旗。

心脏扑通一声，落回原位。

简意身高一米六三，体重四十五公斤，被他单手拎起，还是不能与他平视。简意看着他滚动的喉结，估算着他的身高，至少一米八六。

二十三厘米的身高差，一点儿都不萌。

现在已进入秋天，湖城的夜晚有些微凉，受不住冷的人早就裹上了外套，他却穿着白背心、大裤衩，以及人字凉拖。

奇葩。

男人还在打电话，简意拍了下他的手，示意他把自己放下来。他瞥了简意一眼，继续在电话里指挥着，左手箍着她纹丝不动，手似钢筋。简意只能拿眼瞪他——下巴泛着青色的胡楂，或许昨夜刚刮过，也有可能是今早。下巴的弧度和棱角透着坚毅和冷光，但是他身上一点儿也不冷。

她刚拍他手时，指尖触到他的手背，暖、热，还有紧实。

身上有清淡的皂香，很好闻。背心本来还算宽松，夜风一吹，背心贴在他胸膛上，勾勒出诱人的肌肉线条。

简意一阵口干舌燥。

男人终于打完电话，漆黑的眼眸在简意脸上定了下，提溜着她往墙根走了两步：“找死。”左手蓦地一松，丢她在地上。

简意劲儿刚缓过来，双腿还在软着，被他这样突然一丢，她踉跄了下。屁股着地的时候，还不忘护了下手里的 DV。

“明队。”她咬了咬下唇，“谢谢。”

“怎么回事？”明队居高临下看着她，没有伸手把她从地上拽起来的意思，“开车的是谁？”

“我不知道。”简意一手撑地站起来，身形还没站稳，手里的 DV 就被他拿了去。

“没收了。”明队一副公事公办的口吻。

“明队，我是简意，湖城娱乐周刊的记者。”简意没有从他眼睛里看出一丢丢认出她来的样子，规规矩矩自我介绍，试图套近乎，“上个月咱们见过，市公安局。”

“哦？”明队看了她一个眼，“你有什么前科？”

简意张了张嘴：“非但没有前科，你还送过我一面锦旗。”

明队扯了下嘴角。

“十佳市民。”简意补充说。

“所以？”

“所以，我是十佳市民，你亲自送的锦旗，我没有前科，也没有犯过罪。”

“哦，我天天往外送锦旗。”明队低头打开 DV。

简意噎住。

谁稀罕你的锦旗？您那玩意儿我出警局大门就丢垃圾桶里了，谢谢。

“十佳市民不是就只有十个？”简意哼了声，还是凑过去问，“你要看什么？我调给你。”

“每周十个。”明队抬起眼，从头到脚扫了她一下，“看你这身手，你经常被人追着打？”

“看身手？你是看我档案了吧？”简意毫不避讳道。

明队“嗬”了声。上次警局确实调出她档案来着，他当时粗略瞄了两眼，没细看。

他这声“嗬”，简意听出来，他认出了自己。

明队收起 DV 往回走：“鸿卫酒店地下停车场，你在拍什么？”

简意脑子里蒙了一会儿，赶紧小跑两步才跟上他：“蹲点李思录。”

“李思录？”

“演员李思录，《本王偏头疼》里演了一个将军。”

“没看过。”

“他老婆是肖君，也是个明星，演过……”

明队打断她的话：“说重点，你拍李思录为什么会有人开车撞你？”

“我不知道，我刚开始以为是有人酒驾。”简意想起刚才的 SUV 一阵后怕，她裹了裹外套，“肯定不是李思录，他人那会儿在车里呢，总不至于是他团队的什么人。我就偷拍一下，罪不至死吧？”

明队边走边调着她拍的视频看，没有接话。

简意平时话没这么多，刚被 SUV 一刺激，肾上腺素一路狂飙，连带着脑细胞也异常活跃。

“明队，你家在这里？”简意看着他背心大裤衩人字拖的打扮，怎么看也不像是在办案。

“约朋友撸串。”

没说家在附近，也没说不在附近，反正是没在办案。

“哦。”简意偷眼瞧他，“女朋友？”

他从鼻子里哼了声。

“我是不是耽误你约会了？你去忙，DV给我，我这就打车回家，不给警察叔叔添麻烦。”

他不看她，也不说话，只是拿着DV的手稍稍抬高了一下，高到她必须蹦起来才能够得着。

简意琢磨着他的意思，是想要回鸿卫地下停车场调查刚才的SUV。牺牲自己的约会时间来解决她的麻烦，简意心生感激，又有些过意不去，想了想，拣着话恭维他道：“刚才那辆车一晃而过，你只看了一眼就记住了车牌号，怎么练出来的？”

明队凌厉地斜了她一眼：“我不是明星，不要八卦我。”

简意被他的眼神一吓，站在原地“啊”了声。

“怎么？”

“明队，警察同志，我要报案。”简意脸有惧色，“不是我乌鸦嘴，我怀疑李思录出事了，就在鸿卫酒店地下停车场他自己的车里，他的车有问题……”

明队骂了句脏话，迈开大步往前：“还真出事了。”

简意望过去，前方不远处有几个保安往停车场出口跑。

明队回头，见简意还愣在原地，他挥了下手里的DV示意她跟上：“你，跟上，今晚哪儿也不许去。”

李思录出了大事，这种新闻她怎么可能会跑？

简意觉得他脑回路不是一般的清奇，但是DV……她捏了捏外套里的手机，一路小跑跟上他。

这人穿着人字拖怎么还跑那么快？哦，不是他跑得快，是他腿长。

李思录车前已经围了七八个人，乱哄哄中有人打电话报警，有人叫救护车，保安拿着安全锤在砸车窗玻璃。

明队三两下扒开人群："警察，让一让。"

简意喘着粗气站在外层，掏出手机刚录了一小段视频，张斐然的电话夺命一样进来。

她滑开接听键："张头儿，我……"

"简意，你是不是不想干了？你们想造反是不是？韩冲电话不接，你电话也不接，现在几点了？新闻发不了你俩就甭回来了！"张斐然劈头盖脸一顿训。

简意没听，她拿开手机，瞧了眼屏幕，信号勉强还有一格，她赶紧把刚才录的那段视频给张斐然发过去。

"你发来的是什么玩意儿？别想用以前的什么旧新闻糊弄我。"张斐然见微信有视频进来，不耐烦地问。

"头儿，出大事了，就现在，鸿卫酒店地下停车场，这是李思录的车，他人在里面，我这里信号不太好……"

"简意。"一个浑厚的男音吼了她一嗓。

简意浑身一哆嗦，手机差点掉地上。

"过来！"

车窗已经被破开，明队宽大的身体挡在车窗处，手里还拿着她的 DV。

他眉头皱成一团，眼睛似鹰："事情调查清楚之前，封锁一切消息。"

"已经说了。"简意小声嘀咕。

"简意，怎么了？李思录出什么事了？"张斐然在电话里兴奋地连声问。

明礼举起 DV，顺势就要砸下去。

“警察在这里，不让对外说。”简意挂掉电话，紧张地跑过去，“明队，我没说，我只是说李思录出事了，不知道出什么事，李思录他……”

李思录身上一股酒味，他嘴巴半张靠在后座上，面容安详，一副熟睡的样子。

“死了？”

明礼一脸严肃，抽走她的手机直接关机踹进自己大裤衩的侧兜里，然后把 DV 还给她：“不要偷录视频。”

简意接过 DV 往后退了退，心脏扑通跳着，惊恐地别开脸，录死人的事，她不会干。两个月，见了两回死人，想骂人。

一只宽厚粗粝的手掌把她推到别处，她抬眼，撞进一双深邃的眼眸里。

“站着别动，今晚你要去局里蹲着，DV 里是证据。”手机在他兜里震了下，明队掏出来看了下滑开接听键，瞧了眼简意，语气放缓说了句，“上次的事情市局很被动。”

简意乖巧地点了下头，他这才把手机放在耳边：“小罗，北郊花园东路鸿卫酒店地下停车场，带上你的人和东西过来……”

上次的事情，明显是指简意第一时间爆出歌手血染酒店房间被谋杀的新闻，一夜之间轰动整个娱乐圈。

众网友们纷纷猜测是谁谋杀了他，甚至列出了一长串的嫌疑名单，几乎半个娱乐圈的人都被拉下了水。

“当红歌手自杀”的话题在网上迅速发酵的时候，简意一直蹲在市局里，她对网上的这些舆论一概不知，只觉得自己被扣押了有点冤。

张斐然后来说，单就这次舆论造成的社会影响，警方扣押她三个月也不为过……

简意只负责拍照和拍视频，解说和文字编辑不归她管。歌手自杀的现场图片确实是她发出去的，但是图片下那些明显有舆论导向的大段文字，归张斐然负责。

换句话说，简意替张斐然和周刊背了黑锅。

张斐然是个三十多岁的单身女强人，以前在全国数一数二的传媒集团工作，两年前辞职出来单干，带着五六个人创立了湖城娱乐周刊。经过两年的努力，娱乐周刊发展至今已在业界有了不可小觑的地位，也是自媒体争相学习的典范。

数据时代，业绩靠数据，数据靠流量。

张斐然会发一些似是而非、博取众人眼球的东西，所以这次，简意深信，凭张斐然的能力与手腕，到不了明天，李思录的名字就会刷爆全网。

简意心虚地瞄了眼正在和停车场保安交涉的明队，肚子突然一阵咕咕咕，很想吃炸酱面。

120和警车几乎同时到达，经医生诊断，初步认定李思录死于一氧化碳中毒，具体死因还需法医进一步检查。

几乎每年都会有这种怠速开空调在车内睡觉而中毒死亡的新闻，内循环一开到底，门窗紧闭，车内空气不对流，发动机排出的一氧化碳通过空调风道吹进车内，严重时会导致一氧化碳中毒死亡。

李思录身上有明显的酒味，真有可能是他醉酒开空调在车里睡了个觉。

意外死亡？自杀？如果不是他杀，那辆黑色SUV撞她干什么？

简意背靠着柱子看向正在和同事们取证的明队，想起他刚刚叫自己的那声“简意”，她扬了下嘴角，他居然还记得自己的名字。至于他的名字，人人都叫他明队。

简意的神思一下飘得很远，再飘回来的时候，李思录的经纪人和助理冲了过来，场面一度很是混乱。

几个警员安抚着经纪人，终于把李思录抬到担架上盖上了白布。往担架上抬的时候，简意看到有个红色的什么东西从李思录身上掉下来，一直滚到车底。

简意走过去，车门敞开，一把鲜艳的红豆安静地散在驾驶座椅上。那么，从李思录身上掉下来的那个红色东西，应该就是红豆了。

“明队。”简意叫了声，向他指了指车底，“这里还有……”这里还有红豆。

明队手里的手机屏幕亮了下，他瞥了眼简意没有理会她，而是滑开接听键走到一旁讲电话。

其他警员都在忙，简意也不认识他们。一把红豆也不是什么重要东西吧，自己捡起来也行。这样想着，她趴在地上歪头去看车底，车底一片漆黑。

简意把脸贴在地上，感觉到有沉稳的脚步声由远及近，消失在她耳边。她鼻尖擦着地扭脸：一只大脚，男人的脚，再一截浓密体毛的小腿，再到肌肉紧实的大腿……

简意的脸唰的一下红到发烫。

明队眯缝着眼看着简意，站着没动。下一秒，他就地蹲下来：“你在看什么？”

明队的蹲姿，豪迈里透着杀气，杀气逼人近，近到不能再近。

简意一个猛子从地上爬起来，爬起来的动作太猛，差点一头扎进他怀里。

“明……明队。”简意磕巴道。

明队面无表情瞧了瞧她，目光投向车底：“你在看什么？”

简意舒了口气：“车底还有红豆，我刚看见从李思录身上掉下来的，滚到车底了。”

“这都是证物，你不要乱碰。”明队站起来，去警车上拿来一双手套戴上，路过简意身边的时候，他眯了下眼，“不能碰的，也不要去看。”

简意心想：谁要看啊！

取证和痕检结束，李思录被运回警局待法医进一步尸检。警察忙着给鸿卫酒店负责人以及地下停车场的保安做笔录。

可能是明星比较注重隐私或者是有人故意为之，车上的行车记录仪没有开。

有刑警拿着李思录的手机找到他妻子肖君的电话拨过去，第一遍无人接听，再打第二遍时对方已关机。该刑警咂了咂嘴，若有所思地把李思录的手机装进证物袋里，并交代李思录的经纪人尽快联系上他的家属。

李思录的经纪人马文青坚称李思录精神状态一直很好，不可能自杀。按照马文青的说法，李思录是个很注重自身名声的人，他平时但凡沾点酒就会叫司机或者助理开车，从没有过酒驾行为……

助理则称李思录自午饭后就没联系过她，更没有给她打过电话，这个很好查证，查下李思录的通话记录就可证明真伪。

李思录这几天在北郊大学城录制一档真人秀节目，明天是最后一天，现在他突然身亡，有一大堆的事等着经纪人处理。

负责笔录的警察在简单询问她们几个问题后，示意她们可以离开，如有需要，随时联系。

凌晨两点半，明队一声令下，刑警们收工回市局。

简意默默跟着明队钻进警车，开车的一个小警察瞧见她，愣了下，觉得她有些面熟，看她挨着明队坐，以为她是明队带过来的，笑着说："老大，您老约会越来越不讲究地方了哈。"

明队一巴掌盖在他脑袋上说道："精神头儿这么好，后半夜甭睡了，睁大你的小眼睛，一帧一帧查看停车场的监控，还有鸿卫酒店这两天的监控，一秒都不许漏。"

"赶明儿我就去割个双眼皮，桃花眼的那种，专粘你身上的桃花。"小眼睛开着车，瞄了瞄内视镜，不死心地说，"老大，你也不介绍下，这小姐姐谁啊？小姐姐好，我叫陆天枪，你可以随老大叫我小陆。我们老大这人吧……"

明队从鼻子里哼了声："她是来申请蹲号子的。"

"啊？"陆天枪来不及反应。

简意很上道地问："明队，我能在里面待两天吗？抓到那伙人以前，我哪儿也不敢去。"

以她的推测，黑色 SUV 里的人杀死李思录，正要离开的时候，看见她拿着 DV 在拍李思录，以为她把他们杀人的画面拍了进去，所以才要杀人灭口。

明队瞥了眼她因神经紧张而绷直的腿："你真以为你的小短腿能跑过四个轮？"

简意抽了口气，攥着 DV 挺直脊背去看他，一字一顿："我的腿不短。”

别的不说，简意对自己的身材比例颇为自信，一米六三的身高，长了双修长的腿。凡是见过她的人，没人不夸她腿型好的，细直，匀实还白嫩。

明队从椅背的夹层里摸出半包烟，磕出一根叼在嘴里，再掏出打火机，指肚在滚轮上摸了摸，斜了她一眼，忍着没有打火。车上不能抽，他嘴皮就开始发痒：“哦，忽视了你的身高。”

他身上每根汗毛仿佛都在说话：个矮，小短腿。

“什么情况？”陆天枪瞧着内视镜里的简意，恍然道，“你是……你是那谁，娱记柯南？”

“不敢当。”简意憋了一口长气，很久才吁出来。

“嚯，还真是你，柯南附体，走哪儿死哪儿。”陆天枪兴致有些高。

“我现在去的地方是你们市局。”简意凉凉地回了句。

“不怕，我们老大是市局门神，你身上的那些个东西进不去。”陆天枪吹着轻快的口哨，哼歌唱，“我家大门常打开……欢迎你……”

简意：“我身上什么东西？”

“柯南他妹妹。”明队的吐字意外的清晰。

“不是柯南吗？怎么又成柯南他老妹儿了？”陆天枪问。

明队：“只死人，不破案。”

简意无语，这人神经病吧。

车进市局大门还没停稳，明队就迫不及待地推开车门大步跨了出去。

简意跟着跳下来。

“他们要想杀人灭口的话，你早死透了。”明队把烟放回烟盒，“你进停车场的时候，李思录已经死了两个小时了。”

“啊？”

“DV 里的视频和照片留下来，再问你几个问题，哪儿凉快你就上哪儿待着吧。”明队大步上台阶。

简意不紧不慢跟在他身后，看着被夜风吹起的大裤衩边角，耳朵一热，他大晚上和朋友撸串，会不会约女朋友？

刑警大队办公室灯火通明。

“明队。”

“老大。”

“明天请你们撸串吃烧烤。”明队走进来。

办公室的人没有接茬，眼睛齐齐看向他身后。

明队扭头，抬手抽走简意手里的 DV，示意紧随其后的陆天枪：“找个地儿让她待着。”

众人看向他的眼神立马就意味深长了……

“那辆 SUV 情况怎么样？”明队无视他们的反应，直接切入正题。

“报告老大，跟踪目标夜里十一点零六分最后一次出现在红旗南路，已调取了该路段一家便利店的监控录像，证明确实是湖 A782K5 这辆黑色 SUV。目标随后进入一片监控盲区，截至目前，目标没有再在红旗南路所有进出口出现过。”一个刑警站直身体回答说。

明队坐在办公桌上，没有说话。

“C 组正在红旗南路一一排查可疑目标。”这个刑警咽了咽唾液，接着汇报，“考虑到目标有可能在监控盲区更换车牌的情况，我们统计了十一点零六分以后，进出红旗南路的所有与目标车型一样的黑色SUV，截止到现在，共有十三辆，行踪都在我方掌控中。”

“一辆都不许漏，继续跟踪，明早把这十三辆车里的人带到局里来问话。”明队拍了拍他的肩，瞥见陆天枪进来，“小陆，你给大伙简单说一下李思录的情况，理下头绪分好任务，都回去睡个觉，明早还要爬起来干活。”

“是。”陆天枪立马进入状态，“演员李思录，于昨晚九点五十二分被发现……”

一个小时后，明队洗了把脸推开办公室的门，太阳穴就是一跳。

陆天枪把简意安排在了窗户边。位置很好，任她东南西北怎么转悠，都够不着办公室里任何一个零碎。

明队站在门口看着坐在地上吊着胳膊打盹的简意，仿佛看见陆天枪在隔空向他炫耀：“老大，我是不是很棒？”

安置在我办公室？

他提了提松垮的大裤衩，这才拍了拍简意。简意迷迷糊糊中头一栽，磕在他膝盖上。

明队膝盖顶着她的脑袋，弯腰冲着她的耳朵喊：“李思录出来了！”

职业习惯，简意眼睛都没睁开，“噌”的一下从地上站起来抬腿就往前跑，脑袋撞到一面墙，一堵有温度的肉墙。

她揉着眼抬脸，惊醒，蹦脚往后跳了跳：“明……明队。”

明队低头扯了扯背心，“啧”了声：“口水得有两升吧。”

简意抬起手背抹了抹嘴角，没有说话。

明队往办公桌后的沙发椅上一靠，说道："自己找地方坐。"

简意在原地蒙了一会儿，在办公室内扫了一圈，挑了张离办公桌最远的椅子盘腿坐下，蹙眉揉着手腕，歪着头回忆睡前发生的事。

明队长腿搁在办公桌上，手里拿着DV从头翻着照片，厉声说道："交代一下你蹲点李思录的情况，尤其是昨天，他都有跟谁接触过，有没有见过他身边有什么生面孔或者可疑人员。"

简意被他骇人的气势唬住，收回自己的思绪，一五一十交代着来龙去脉。

"有档真人秀节目这两天在北郊大学城录制，李思录是其中一个嘉宾。他昨天上午八点和节目组其他四个嘉宾一起从鸿卫酒店乘车去的湖工大，录节目到十一点半，他们一起乘车回酒店吃饭。饭后节目组退房一起去市中心的铭豪酒店。我和韩冲跟过去拍了一些照片，后来整理照片时才发现没有李思录，在铭豪酒店的停车场也没有找到他的专车，就想着回去鸿卫酒店碰碰运气，后来的事你都知道了。"

"节目组一直住在鸿卫酒店，为什么突然退房去铭豪？"明队问。

"昨天他们吃午饭的时候被粉丝认了出来，场面很混乱，饭还没吃完，鸿卫酒店大门里三层外三层就都是狂热粉丝了，影响他们休息。至于他们为什么要去铭豪酒店，你要去问节目组。"

"李思录和节目组关系怎么样？"如果李思录一直没回铭豪酒店，长时间和节目组失联，节目组居然没派人回鸿卫酒店找，毕竟第二天还要接着录制节目。

“还行吧，他是五个嘉宾里资历最老的，勉强算是大牌明星，节目组的人都喊他老师。”

明队拿笔在纸上点了点，这样就说得通了，资历老、受尊重，所以他暂时脱离队伍，只要不耽误第二天的节目录制，节目组就不会管他的个人自由时间。

“昨天晚上你几点到的停车场？”

“大概九点多，不到九点半。”简意回忆着。

“据你了解，李思录在圈子里人缘怎么样？”明队想了想，又问，“还有，李思录和他妻子的关系怎么样？”

“他在圈子里风评一向很好，人帅、演技好、有礼貌，而且说话很和气，平时没怎么见他发过脾气。他老婆肖君名气没他高，但是最近凭着一部热播剧也吸引了好多影迷。他们两个人的关系……”简意想了想，“反正镜头前呈现出来的都是恩爱模样，微博互动也很频繁，和别的明星夫妻没什么区别。”

“镜头前呈现出来的样子？你的工作不就是戳穿他们在镜头前的伪装吗？”明队质疑。

“我才蹲了他不到一个星期。”语气里是沮丧、害怕，还有对李思录遭遇的惋惜。

“一个星期就够了，从开始蹲他到昨晚，你见到的、听到的，全部复述一遍。”明队拿笔敲了下 DV，“照片和视频不止这些吧？”

“还有些在我电脑里存着，都是废弃不用的……”

“全部交上来。”

“哦。”

有了上次的教训，简意格外老实，十分配合，基本是有一答一。

明队问七问八，差不多把她肚子里的那点儿八卦都问完时，天也亮了。念在她态度良好，明队跷着二郎腿把 DV 还给她。

简意察言观色地问：“所以，你觉得李思录不是意外死亡？”

“不知道。”明队阴着一张脸站起来，“有关这次案件的进展，网上但凡有一丝一毫的风声，我管你一年的饭。”

“我有饭钱……”

简意迎着第一缕晨光走出市局，双脚像是踩在虚空里，摇摇欲坠浑身不踏实，总感觉后面随时会冒出辆车把她撞飞。

她暂时还不想离开市局太远，索性靠在市局的墙根打开 DV，想着翻找几张照片好交差，刚打开文件夹，她不由脱口骂了声。

李思录的文件夹里一片空白，照片和视频被删了个一干二净。

她攥着 DV 的指节发白。陆天枪！信不信我明天就蹲点你！还有那个明队，叫什么名字来着？

简意靠着墙根气了好一会儿，才平静了下来，静下来后觉得有些不科学，发生这么大的事儿，张斐然怎么一个电话也不打？

摸遍全身，手机不在身上，她揉着发涨的太阳穴把脑子倒带……鸿卫酒店停车场，明队的大裤衩……

手机在他裤衩的侧兜里。

简意吸了口气，再次走进市局，路过办公大厅时，眼睛余光瞥见信息公开栏上一溜的照片。她顿足扭头，在墙面上只扫了一眼就看见他——那张两寸照片，寸头警服，周正，精神威严，跟粗糙的本人沾不上一星半点的边儿。

刑警大队队长：明礼。

办公室内，明礼刚啃完陆天枪送来的大饼，嘴里叼着一袋豆浆吸溜着，从柜子里扯出一条警服裤伸腿套上。

他拽着裤腰蹬进去两条腿，往上再提的时候，蓦地想起停车场里简意趴在地上瞄他的样子。明礼不由骂了声，骂的时候忘了嘴里还叼着一袋豆浆，于是乎，剩下半袋豆浆全洒在了他大裤衩的“前门”上。

“明队，我的手……机……”简意推开虚掩着的门，“机……”

本来还在大裤衩上手忙脚乱的明礼此时却从容不迫起来。

他提着裤子迈步到办公桌前，扯了几张纸巾在大裤衩前面擦了擦，抬手一丢，纸团掷进门后的垃圾桶里。纸团擦着简意的鼻尖在空中滑过一道完美的弧线。

明礼不慌不忙地提上裤子拉好拉链，从柜子里扯出一条皮带，边往裤腰上套边眯着眼，不怀好意地看着在门口愣住的简意：“没见过男人穿裤子？”

简意的反射弧绕着他的皮带在他腰间走了一圈，这才反应过来她刚刚经历了什么。她红着脸急转身，背对着他：“我回来拿我的手机。”

“手机？”明礼拍了下大腿，声音不耐，“不早说。”

手机还在大裤衩侧兜里，还要再脱一次裤子。

简意心想：你提裤子之前我就说了。

明礼利落地解开皮带，掏出手机想要给简意，发现她已经悄悄退出了房间，并好心地关严了门。

明礼玩味地盯着门看了会儿，有些丧气地把手机放到桌上，再从柜子里扒拉出衬衫和外套往身上套。

平时不怎么穿制服，柜子里放了一套应付各种状况的制服，齐全到鞋、袜、领带都有。

于是，当他拉开门的时候，简意定在了原地。身为一名娱记，演员、男模、歌手……什么样的帅哥没见过，自以为已经对帅哥免疫，但还是被眼前这位迷住了。

大概每个女人都有制服情结，大概他是个制服架子。

明礼一手按在门把上，一手在她耳朵边打了个响指。

简意抖着耳朵慌忙收回视线。

明礼带上门，掏出裤兜里的手机塞到她手里，意味深长地说了句：“放心，手机没湿。”

“老大，人都拘起来了，要现在问话吗？”陆天枪跑过来问。

“当然！”明礼仗着身高优势，抬手在他脑袋上扇了一巴掌，迈步向走廊尽头走去。

背挺，肩宽，腰窄，腿长。

简意的视线粘在他背影上还没来得及收回，他突然转身，两人目光直直撞在一起。

她又被逮个正着。

这种时候，谁先躲开谁就是认屃。简意内心像开水一样沸腾，面上保持波澜不惊，不躲不藏地迎上他的视线。

“你，过来。”明礼挑了下眉峰，“昨晚开车撞你的人，你来认一下。”

“我……我没看清。”简意怔了怔，“抓到他们了？”

“抓了一堆，只等你来认。”陆天枪在一旁半开玩笑道。

昨晚出现在监控里的十三辆同款黑色SUV里的人全被带进局里，现在正在审讯室里叫唤着警察乱抓人……

“C组在红旗南路搜查结果怎么样？”明队边走边问。

“还没有搜到那辆SUV。”陆天枪说。

“C组还在红旗南路？”

“是。”

“他们在红旗南路玩呢？”明礼拧眉，“都这个点了，就算是翻地，也够来回翻两遍了。”

“是。”陆天枪讪笑着接茬，“不光是翻地，小麦都种上了，只等收割了。”

“收什么收。”明礼皱着眉心推开审讯室的门，顿了下，回头对陆天枪说，“红旗南路附近有个枫亭湖，你去联系C组，让他们去枫亭湖捞一下。”

“是。”陆天枪掏手机拨号。

“昨晚开车撞你的人，你一点儿印象都没有？”明礼把简意带进审讯室，不等她开口，直接把她摁在电脑前，“来，重温一下昨晚的刺激。”

鼻息掠过她的耳尖，留下一缕极淡的艾草烟味，夹裹着他身上的皂香。

重温昨晚的刺激？什么……刺激？大裤衩吗？

简意一阵耳热。

电脑屏幕上来回播放着昨晚停车场里她被那辆黑色SUV追着跑的画面。头顶仿若飞过一群乌鸦，简意满脸黑云。

她憋着气用余光往后瞥，明礼早已离开她身后，正站在玻璃墙前和审讯室里问询的警察说话。

背影嚣张又欠揍，简意无端生出一股闷气。

“把他们隔离开，分别问下他们昨晚九点以后的行车路线，拿着他们的行车路线去查该路段监控，半个小时内搞定。”明礼从烟盒里摸出一根烟。

“好的。”旁边一个戴眼镜的警员应了声，正要错身离开，看见他嘴里的烟，“大早上就犯烟瘾？”

“抽根烟还要起个卦算好时辰？”明礼圈手点着烟，一宿没睡，有点儿犯困。

明礼一脚踹在他屁股上，戴眼镜的警员笑着去安排审讯。

一根烟后，明礼走到简意身边，手撑在桌上，眼睛盯着监控画面：“看好了没？”

鸿卫酒店地下停车场里的监控形同虚设，能监控到的地方本来就不多，昨晚那辆 SUV 又一直停在监控死角，在停车场里追着简意绕的时候，有意识地避开了监控范围，进出停车场时虽有出现在监控画面里，但是前排的人都戴了帽子和口罩，脸捂得严严实实。

简意把监控定格在 SUV 驶出停车场出口的瞬间，皱着眉心回忆：“副驾驶位上的人脖子上好像有文身。”

明礼喊来技术员：“把这人的脖子分辨率加到最大。”

技术员依言调到最清晰，脖子上趴着一个龙头。

明礼直起身体，目光投向审讯室上的玻璃墙，舌尖上滚出一口气。简意随着他去看审讯室，里面的警察正在审讯今早被带过来的车主。

明礼轻轻摇了下头，还是问了句：“撞你的人在里面吗？”

简意站起来，走近去看。

昨晚那样的情势下，她压根没看到开车的人长啥样，是男是女她都不知道，只隐约看到副驾驶位上的人脖子不太干净，好像是个文身。

刚才那个戴眼镜的警员过来："明队，都问过了，正在比对监控。"

明礼点了下头："确认一遍他们的脖子，看是否有文身。"

陆天枪拿着手机急匆匆地跑过来："老大，枫亭湖底果然有一辆车，有可能是昨晚那辆SUV，刚叫了救援队去打捞。"

"脖子还确认吗？"戴眼镜的警员问。

"确认。"明礼大巴掌把他呼走，指示陆天枪，"拿着那张花脖子去系统里比对，重点比对327那帮人。"

"327？"陆天枪睁大眼，"老大，他们出现了？"

今年三月二十七日刑警大队收到群众举报，某小区内有人在聚众吸毒。明礼带队过去，行至小区门口时，见一伙人形迹可疑，遂令陆天枪带人去小区内堵人，他自己带着小分队拦截问话。

根据举报人提供的地址，陆天枪带人赶到时，屋里的人还在吞云吐雾，看见警察，其中一个人当场就㞞了，说给他们提供货源的人刚离开。联想到小区门口的那伙人，陆天枪赶紧联系明礼，明礼那头正在小区门口拦人……

拦人的过程中，明礼身上挂了彩，因是在闹市区，怕伤及民众，警方顾虑比较多，最后只抓到了几个小喽啰，他们的头目花蛇却趁乱跑了。

他们这伙人，大概是生怕别人不知道自己的凶猛，个个身上都有文身，文的图案还很奇怪，龙不像龙，虎不似虎。

自上次事件后，他们没再出现过，明礼养成了个习惯，走在街上看见身上有文身的人，都会多瞄两眼。

“不知道。”明礼把陆天枪从跟前踹开，看向简意，“你最近有没有得罪什么人？”

“没……吧。”简意犹豫了下，“327是什么人？”

“有还是没有？”明礼拧了下眉，眼睛锐利。

“我的工作就是得罪人的活儿，但是……”简意咬着唇顿了下，“但是罪不至死，顶多挨顿揍。”

昨晚那人的架势，不像是揍她一顿就能解决的事。

明礼瞧着她，双臂倏地张开撑住桌面，弓腰把她圈在桌角，一双鹰眼盯着她：“有没有碰过毒品？”

头顶像是压了一座山，简意有些透不过气，她坐在椅子上往后靠，脊背咯着桌角，生疼。

“没有。”带着情绪。

陆天枪挠了挠头，看不懂现在的老大。

明礼又问：“你偷拍的那些明星，有没有沾上这些的？”

“没有。”如果有的话，张斐然早就爆出来了。

明礼盯着她看了会儿，这才直起身：“你走吧。”

法医鉴定，李思录大概死于晚七点到八点之间，简意在停车场里找到他那辆车时已经是将近九点半。如果是那辆SUV里的人杀了李思录，没道理在杀人地点停留两个小时，更何况李思录是否他杀还没定论。

不管那伙人是不是花蛇，他们之所以追简意，八成是见她端着个DV鬼鬼祟祟地拍东西，以为拍到了他们什么。

时间不长，停车场灯光昏暗，她一直在跑，看清她长啥样的几率不大。

果不出所料，今早拘过来的那些人没有一个脖子上有文身的，他们的行车路线也都在监控里一一排查到。

陆天枪拿着文身和技术员一起去比对系统里比对，C组还在枫亭湖打捞。

现在还不到八点，市局里的大部分工作人员已经到位，各自忙碌着手头上的活儿。

阳光给走廊上铺了一层红，明礼捏了捏眉心，沿着走廊直接去了鉴定科。

昨晚值班的法医吴砚还没下班，他看见明礼进来，打了个哈欠从椅子上站起来，拿起桌上的尸检报告递给他：“确定是一氧化碳中毒死亡，血液里有0.2升的酒精含量，胃里没有药物残留。”

明礼靠在桌上低头看着鉴定报告：“身上有针孔？肩上有抓痕？”

“死者肩颈和腰椎都不太好，针孔是按摩针灸留下来的。死者生前有过性行为，肩上的抓痕，”吴砚笑容里带着暧昧，“情趣。”

昨晚没有联系上李思录的妻子肖君，李思录的经纪人说肖君这周都在海城拍戏，那么，昨天下午和李思录发生性关系的另有其人。

明礼眯了下眼，简意端着DV的样子在他面前一闪而过——这娱记的消息一点都不准。

明礼继续看尸检报告，没有什么特别的地方，他视线从报告上移开，扫了遍尸体，最后落在天平秤上的红豆上。

吴砚见状，说：“一共二百八十九颗红豆，不多不少刚好五十克。”

“五十克。”明礼若有所思地点了下头，“红豆，一两，回家熬粥？”

“红豆生南国，春来发几枝。玲珑骰子安红豆，入骨相思知不知。”吴砚往手上涂了消毒液擦着，拖着长调说，“没准是粉丝送的，气氛到了，李思录借着酒劲儿发生了不该发生的事情，结果玩大发了。”

明礼抓着红豆摊在大掌上看了看：“这豆儿质量挺好，颗颗均匀饱满。”

“我验过，就是普通的红豆，超市到处都是，没什么特殊。”吴砚说。

明礼放下红豆，拿着尸检报告在他肩上拍了下：“辛苦了。”

没有他杀痕迹，死前刚经历过一场激烈的性事，不是自杀该有的行为。

完美的意外死亡？

明礼走出鉴定科，刚回到刑警队办公大厅，电话铃声此起彼伏，手下组员们哭丧着脸接一个挂一个。

“什么情况？”明礼问刚放下电话的一个警员。

“都是打来问李思录的。”警员摊手，“也不能拔线，太耽误正事。”

明礼骂了声，快步到对桌电脑前，铺天盖地都是李思录词条的新闻。他打开头条的一个视频，鸿卫地下停车场砸车，时长两分钟，车牌号清晰。

视频浏览量已经突破三亿，底下评论说什么的都有。

李思录的妻子和经纪人的电话从昨晚到现在一直处于关机状态，经纪公司尚未对此事进行说明解释。

粉丝合十祈祷，路人点蜡，网友开扒李思录的成名路……全网都在讨论李思录。

明礼关掉网页，照这个形势发展，等不到明天，经纪公司就会发声明公布李思录的死讯，到时警方官博发布跟进调查即可。而现在当务之急是找出昨天下午和李思录发生性关系的人是谁。

调查李思录最近通话记录以及社交账号动态；联系李思录的妻子及经纪人，走访其人事关系；排查鸿卫酒店监控。

明礼有条不紊地布置好各项工作后，摸了一根烟叼上，去走廊尽头抽烟。

市局院子中央的花坛里，有团小小的人影，老僧入定一样，一动不动。

明礼迎着太阳光眯眼看着这团小人，叼着烟连吸了几口，两颊凹陷。

一根烟抽完，那团小人没动过一毫米，明礼把烟屁股摁灭在窗台上，最后看了眼花坛里的小人，拿着烟屁股回办公室。

他脚尖刚踢开门板，停滞了下，收回脚转身下楼。走到楼梯口时，他随手把烟头掐灭丢进拐角的垃圾桶里。

简意已在花坛坐了多时，打开手机登录微博，李思录果然上了头条。

网上有关李思录的八卦闹得沸沸扬扬，但是舆论尚在可控范围内。她揣测，等不到明天，经纪公司就会发布声明公开李思录的死讯。

张斐然刚打了一通电话过来，问她李思录的情况，她只说警方管控严，她不知道情况。张斐然是个聪明人，听这话意思就知道李思录已经故去。简意等了一刻，也没见娱乐周刊爆出李思录已故的消息，想来张斐然也是在等经纪公司公布，毕竟这事，弄不好就是造谣。

简意没有担心张斐然如何跟进李思录这个事儿，她在担心自己的小命。

自明礼问了她毒品的事后，她就一直忐忑不安。结合明礼和陆天枪的对话，稍微想一想，就知道昨晚开车撞她的人是些什么人。

她被毒贩盯上，难道她敢直接走人？

正乱七八糟想着这些的时候，头顶压过来一团阴影，山一样。不用去看，她就知道来者是谁。

“明队。”简意站起来。

“赖上我了？”语气跩得二五八万，明礼眼神睥睨，不怀好意，“早上刚泻过火，你赖也没用。”

早上泻火？

简意蹙眉回忆：“不是……豆浆……吗？”

明礼舌尖顶着上颚，不说话了。

尴尬沉默了半分钟。

简意眼睛看着别处咳嗽了声，清了清嗓子：“昨晚 SUV 里的人是毒贩吗？他们是不是在停车场做交易什么，以为被我拍下来了，才会去撞我。”

“所以？”

“所以，他们有可能还会找我，我想申请警方保护。”

“申请驳回。”明礼双手插在裤兜里，漫不经心，“人手不够，大家都很忙。”

简意猛地抬头，毫不掩饰眼里的怒气。

明礼视而不见，勾着唇角说：“就你这张大众脸，无码清晰红色通缉令，外加悬赏五百万发动人民来举报，你都能藏一年多。”

简意咬着后槽牙，两腮鼓起。

明礼压着眼底的笑意，一本正经地说：“万一遇到什么状况，你可以给我打电话。”

简意心脏小幅度地跳了下，绕这么个弯，就是想给我电话？

“你电话多少？”简意问。

明礼眯眼，保持双手抄裤兜的姿势不动：“110。”

一万点暴击，简意抿着唇掉头就走。

明礼在身后大声说：“李思录车里红豆的事不要对外说。”

说你大爷。

明礼踱回办公区，脚还没站稳，陆天枪着急忙慌跑过来：“老大不好了！”

明礼的手背上青筋绷紧，嘴上却轻松道：“我好得很。”

“绑……绑架……绑架……”陆天枪越急越说不利索，“那谁……谁谁，‘狗仔柯南’被绑架了！”

“什么玩意儿？”

“就昨晚在你屋里过夜的那个小美女，她刚打电话报警，我正好在旁边，听着声音挺像她的。”陆天枪终于把舌头撸直。

“听声音？”明礼这样说着，快步走出办公区，三个台阶一步，向楼上110指挥中心走去，“绑架？”

陆天枪跟在后面：“因为她提到了你的名字。”

编号6239的接警员见他们过来，迅速调出刚才的报警录音。

“有人跟踪我，我在福林路旁边的小……啊！……明礼，你大爷……”

奔跑喘气的杂音，前面一句话还算清晰，短促凄厉的一声“啊”后，后半截声音明显离话筒已远。

像是突然被人夺走了手机。

这是简意的声音。

第二章

简意走出市局大门，五百米外有个地铁口。一夜没睡，头昏脑涨，她只想回家睡上一觉，于是她抄近道沿直线去地铁口。

小径通幽，鹅卵石路面，两侧的香樟树和灌木丛衬得小径更加静深。三百米，不算长。

行至路中间，她突然感到身后有响动，她的心脏一下蹿到天灵盖，指尖瞬间变凉。职业经验告诉她，她正被人跟踪。

简意加快脚步，身后的脚步明显要比她快一个节奏。她拔腿狂奔，一手拿着 DV，一手从口袋里掏出手机迅速拨了 110。

电话接通，不等接警员说话，简意扯着嗓子大喊道：“有人跟踪我，我在福林路旁边的小……啊！”

手机被抢走。

她一个踉跄，不知为何，眼前瞬间蹦出明礼那张脸，如果他肯派一个警察跟着她……于是，她咬牙切齿脱口而出：“明礼，你大爷……”

胳膊被攥住，她偏头看人，舒了口气。

一个身材修长的男人拿着她的手机低头看了眼屏幕，唇角含笑关掉手机："简意。"

声音很柔。

"顾哲？"简意惊喜道，"你回来了？"

"上周回来的，先回了趟家，昨天刚到湖城。"顾哲松开她胳膊上的手，笑着解释，"简爸弄了一堆东西，非要我带给你。昨晚打你电话一直关机，刚张斐然告诉我你在公安局蹲了一夜，喏，我就过来了。"

"我爸简直比我妈还啰嗦。"

顾哲小时候在简意家住过一段时间，简家父母对顾哲视如己出，关系一直很好。顾哲喊他们简爸简妈，从小喊到大。

"啰嗦不到你跟前来。"顾哲环视了下四周，狡黠一笑，拖起简意的胳膊快步绕过左边灌木丛，"来测一下湖城市公安局的侦查能力。"

"干什么？"简意跟着他跑了两步问。

"到车上再说。"

两分钟后，顾哲拉着简意钻进小径旁的一辆迈巴赫里，驱车刚上正道，两辆警车呼啸着驶出市局大门。

"出警速度可以啊。"顾哲笑。

"我刚报了警，警察是……"简意琢磨出了大致意思，"手机给我，我打电话告诉他们一声我没事。"

"你怎么就没事了？"顾哲单手剥了条口香糖丢进嘴里嚼着，"如果现在坐在你身边的人不是我，你还会觉得没事吗？"

顾哲从小就喜欢用恶作剧挑战权威，典型的给他个杠杆他能翘起地球的主。

炸过厕所便池；黑过他人网站；破坏过电力系统；大学的丰功伟绩更不必提……大学毕业后被顾父送出国读了个硕士，今年刚毕业。

这样一个混世魔王，偏偏皮相清秀。他平日里穿得一本正经，给人一种羞涩稚嫩的感觉。

典型的斯文败类。

顾哲手指敲着方向盘，斜了眼简意："这才多长时间不见，你胆儿变小了啊。话筒给你，说出你的故事。"

"不是，我是怕……怕他们说我报假警。"

"110 中心一天二十四小时电话都没断过，你也太拿自己当回事了，一般这种情况，他们都不会出警，就算出警，也是走个过场，警车在福林路逛两圈没见特殊情况就打道回府了。"

顾哲无所谓继续道："再说你也没谎报警啊，但凡不是我，你可不是被人绑架了？来，咱们做个试验，假设我绑架了你，你猜公安局的人多久能找到你？或者说，他们会不会找你？"

简意抿唇看着窗外，半天没说话。

"哎，我说，你不是怕他们说你报假警，你是怕他吧。"

简意不明所以地"啊"了声。

"明礼，你刚打电话报警时喊的那个名字，谁啊？"

顾哲想知道的事情，她瞒也瞒不住，于是简意如实说："市局刑警大队的队长，就是他关了我一夜。"

"因为李思录？"

"你知道？"

"张斐然说的。"顾哲叹了声，"我明天还要请她吃饭，啊，一想起我要拌着刺鼻的香水味吃饭，不如杀了我。"

“这么说来，我不用挨张头儿训了？我谢你一万次。”简意现在这份工作是顾哲通过关系找的张斐然，简意嘿嘿笑了笑，“你下次送她一款没味儿的香水。”

顾哲看着简意笑笑：“你还没说，那个明礼，怎么样？”

“什么怎么样？”

顾哲偏头想了想：“长得怎么样？”

“还行。”简意轻轻说。

“还行？”顾哲把内视镜掰下来，盯着自己的脸，“我帅还是他帅？”

简意不想和“天下第一美”讨论这个问题。

“你犹豫了！”最后一个“了”，他拖长调念“liao”。

“我不是犹豫，我是在认真比较。”

“用得着比较？”顾哲不满，声音里有丝丝失落，“你以前可不这样。”

“他没你帅。”简意瞟了他一眼，赶紧说。

顾哲哼了声，修长的手指敲着方向盘：“你很怕他？”

“啊？”简意刚拧开一瓶矿泉水喝了一口，差点儿呛着。

“你从小就和警察打交道，警局也没少去过，这还是头一回见你怕警察的。就拿今天这事儿来说，你居然会怕说你报假警，要搁以前……”顾哲没说下去，好像是在回忆着什么。

“我常去警局还不是因为你？”简意调整着座椅，想躺着睡一会儿。

以前顾哲闯祸犯事被逮进派出所，警察让他联系家人，他只给简意打电话，每回都是简意把他领出来，所以从小到大，他的压岁钱都是交由简意保管。

顾哲笑笑，伸手帮她把座椅调好，又问了句：“你说的这个明礼对你做什么了？你这么怕他？”

“没有。”简意闭眼睡，“就是……他和别的警察不太一样。”

顾哲瞥了一眼她：“怎么不一样？”

“他……反正就是不一样。”简意霍地睁开眼，“顾哲，我好像惹上麻烦了，昨晚偷拍李思录时有辆车……”

自报警后简意手机一直处于关机状态，市局出动两辆警车几乎是地毯式搜索，没见到可疑人影和可疑车辆在附近出没。

她就这样凭空蒸发了。

明礼皱眉循环播放着她的报警录音，然后他把录音暂停，戴上耳机，又听了几遍后半句话。

“明礼，你大爷……你大爷……你大爷……”

你大爷后面有个轻微的舒气声，紧接着手机挂断。

他把这段声音交由技术员分析，过滤掉杂音后，这个舒口气的声音格外清晰。

放心的舒气，没有了先前的惊慌。

陆天枪拿着一个档案袋走过来：“老大，没想到你口味挺重的啊，喜欢听小姑娘骂人？”

“你大爷”这三个字听了有几十遍。

明礼抽走他手里的档案袋，在他脑袋上大力拍了下：“正经事不干，少在这儿磨蹭。”

“我一直都在干活没停过啊。”陆天枪委屈地撇撇嘴。

“文身比对出来了吗？C组把车打捞出来了吗？这会儿的工夫千年老妖也能捞出来了。”明礼打开档案袋，简意的证件照蹦跶出来。

“不是。”陆天枪瞄着档案袋，“不管这位小姑娘了？她不是被绑架了吗？”

“绑架？”明礼拿眼斜他，“一口一个小姑娘，什么眼神？”

陆天枪挠头，有点儿不好意思：“就……挺小，挺美啊。”

明礼视线落在简意的证件照上，从鼻子里哼了声。

陆天枪把脑袋凑了过去：“老大，看她出生年月，确实比你小来着，还小不少，得有个三四五六岁。”

明礼一脚踹在他屁股上：“滚蛋吧你。”

陆天枪走后，明礼翻着简意的档案。

简意，南方某市人，大学毕业以前履历简单明了，没什么特殊。家庭条件也很简单，独生女。父亲当过兵，后转业到当地一家事业单位工作至今；母亲几十年如一日在当地民政局上班。

简意去年毕业后入职湖城电视台，工作岗位是新闻记者。实习期间有次暗访某食品加工黑作坊，被该作坊保安发现，争执导致她断了一根肋骨。

她在医院躺了三个月，出院后辞掉电视台的工作去了保险公司上班，职位是保险调查员，实习期间又被公司开除。

再就是到湖城娱乐周刊上班，目前实习期，入职公司以来，共独自蹲点了两个明星，这两个明星都死于非命。

一直在实习，从未被转正。

明礼眼睛盯在她住院时的诊断书上，脑子里浮现出简意的人影来。

她属于骨架小的娇巧类型，一般这样的女孩都很甜美，但是不知道为什么，她眼睛里透露出的内容……给人一种独特的气质。

气质和外貌不匹配，却也不违和。

断过一根肋骨，还挺能忍疼。她人看起来柔弱无骨，如果不是档案上写着断了条肋骨，他都想不起来她身上还有骨头。

他连着吸了几口烟，直到一截烟灰承受不住重量，落在档案袋上，他才回过神来。

他弹掉烟灰，拿着档案重新翻到简意大学时期的内容。湖城大学新闻系，兼修微表情心理学。

微表情心理学？

简意把昨晚的事情原原本本告诉了顾哲，顾哲担忧了老半天，刚开始说让她辞掉工作，而后又让她搬过来和他一起住，全被简意否决。

“真是服了你了，平时性子挺软，关键时候就会犯轴，这毛病从小到大都没变过。”顾哲躺在沙发上叹气，“我帮你查查那些人的来历。”

“警察都查不来，你能查出来？”

“哼，不要拿我和他们相提并论。”

简意给他榨了杯果汁，谄媚笑着递给他。

顾哲在沙发上打了个滚，这才接过果汁喝了一口：“丑话说在前头，等简爸简妈不在了，你的死活我可不管。”

“且不说爸妈会长命百岁，”简意嘿然笑了下，“我以后的男人自然会管我。”

顾哲“切”了声，像是忽然想到什么，说：“那个什么明礼，你以后少和他来往，这几天更不要和他有什么瓜葛，还有李思录的八卦，你就不要跟了。”

“为什么？”简意一时没反应过来。

“就像你说的，如果SUV里的人真是毒贩，以为你拍下了他们的交易过程，所以才想要撞你，其实是想要你手里的DV。他们也不傻，他们要还想找你的话，肯定会盯上警察和跟进李思录的那些娱记。你先歇几天避一避风头，现在报道李思录的娱记遍地都是，等他们查到你，我早就把他们查个底掉了。”

简意点头：“好。”

“你去睡会儿，吃过晚饭我送你回去，顺道给你家门口装上监控。”顾哲手指敲着下巴笑，“远程，我随时随地能看到的那种，你带男人回家我保证不跟简爸简妈打报告。”

简意嗯了声，头挨着抱枕睡了。

顾哲拖长音叫唤了声，抬腿踢了她一下：“倒头就敢在男人跟前睡着，也就是我……”

简意翻了个身，彻底倒在沙发上。顾哲从她小腿肚下抽出脚，蹦下沙发。

晚饭后，顾哲开车送简意回家，半道接了个电话。顾哲一点儿也不避讳简意，直接按了扬声器把手机撂在仪表台上，两人在电话里腻歪了半天，约了半小时后吃饭。

娇滴滴的女声透过听筒传到简意耳边，她瞬时起了一胳膊的鸡皮疙瘩。

“回来再给你装监控。”顾哲把车开到简意家单元门口卸她下来，直到看到十五层那扇窗户亮了灯后，他才启动车离开，顺手回拨了刚才的电话。

顾哲开玩笑语气问：“你金主今晚放你假？”

“什么金主？就你一个。”

“就蒙我吧，上次我可是见你和一个大哥一块儿腻歪来着。”

“没有大哥的啦。”

“那就小哥，”顾哲夸张地笑，“身上文身像贴画的那个傻子，龙头卧在脖子上，咔嚓咔嚓像个丧尸，吓得我都不敢和你打招呼。”

“嗯……”电话那头回忆着，“你说阿龙呀，他上次突然消失了半年，昨天又突然打电话找我来着，以为我招之即来挥之即去啊，我没理他。有了你以后，其他男人就再也入不了我的眼。”

阿龙。半年前突然消失，昨天又突然出来。

顾哲心里一紧。

简意乘电梯上楼，一梯三户的二十层公寓楼，她住在十五层最里面那户。走廊上没有人，但是灯光挺亮。

她快步走到门口，手刚伸到密码锁上，头顶突然罩了一团阴影。

简意的心脏“突突”地像拖拉机一样，一下蹿到头盖骨，路过嗓子眼时连停留都不带停留，加速呼啸而过。

一只大掌拍门框上。

“工作很繁忙啊，这位记者同志。”

声音磁性低沉，很熟悉。

简意抬头，半天没说出话。

明礼依旧穿着早上那套警服，这才一个白天，下巴上的胡楂跟田里的韭菜茬一样，从皮肤里钻了出来。

他耷拉着眼皮，俯看着她。

“你在我家门口干什么？”简意抽出一口气问。

“来拿李思录的视频和照片。”明礼简明扼要直奔主题。

简意蹙眉。

“你记性可能不太好，在局里时你交代过，偷拍李思录的所有东西都在你家里的电脑里。”其中“交代”两个字咬字很重。

所以，不是因为她“失踪”才来家里找她的，简意心情说不出的复杂。

她语气冷淡地讽刺：“比不上你们市局工作繁忙，接警电话都要接到手软，这还仅仅是只接不管，要是每件事都管了，岂不是要忙上天？”

“谢谢你的体谅，现在有你这样觉悟的市民不多了。”明礼绷着脸平静道。

简意愣了几秒，索性直接说：“今早刚出市局大门我就打110报警了。”

“哦。”

简意：“你知道？”

“嗯。”

“我失踪了一天，你们警察一天没动静？”

“成年人，失踪不到二十四小时。”

简意深吸一口气保持冷静，抬手拢在密码锁上快速按了几个号码。

门锁刚开，还没来得及推门，“刺啦”一声，明礼拍在门框上的手撕下一块透明胶带。

“你的小短手怎么贴上去的？以你的身高和门框高度来看，你是蹦跶着往上贴的，蹦跶的时候没来个助跑吧？”

简意心想：不能骂人的时候我一般都是选择闭嘴。

“反侦查手段也是搞笑，你不要告诉我门缝里还夹了根头发。”

门缝里还真有根长头发。

简意照着电视里学来的，出门在门缝里夹根头发，锁好门后在门框上粘上一块透明胶带。这样等她下班回家，就能看出来白天有没有人进过家门。

此时此刻，简意非常不想和他说话。她推开门闪进去，迅速关上门：“你在外面等，我把东西拷贝给你。”

简意开灯，客厅骤亮，她吐出一口戾气。她对明礼的感觉说不清，他的态度还有他的这张嘴都不会令人好受到哪里去，偏偏他还像座山，看见他就透不过气，令人窒息。

孙悟空这样的厉害角色还被山压得翻不了身呢，吾等凡人谁喜欢天天被山压？！

“个矮手短，输密码时根本就挡不住，我在上面看到了。”明礼在门外说着，伸手在密码锁上按了几个数字，脚抵着门板跨进屋里一条腿。

简意正要拿起防盗链搭上。

明礼单手抄着裤兜，另一只手抬起拦住简意。

简意目瞪口呆。

明礼推门进来，用走访警察的口吻语重心长教育道：“门框上贴透明胶带就跟小偷在你家门口做记号一样：此屋住户独居，可偷。这些乱七八糟的锁挡一般人还成，但是能入室杀人的，根本就不是一般人，门上挂满锁也拦不住。”

简意被他说得心里直发毛。

明礼关上门，摸了下防盗链：“当然，这个你该用还是得用，只是挡不住两种人。”

他停顿下来，像是在等简意问他挡不住的是哪两种人。

简意没理他，冷着脸去书房开电脑。

六十平方米，两室一厅，没有男人住过的痕迹。

明礼站在门口扫了圈室内环境，见她没换鞋，他也不换鞋跟在她后面进了书房，自顾自接下刚才的话茬：“我和变态。”

开机，找到文件夹，不等她说话，明礼在桌上放了一个U盘。简意拿过来插好，默默往里倒腾着文件夹。

明礼站在她右后方，莫名想起档案上写的她曾断了根肋骨。右侧第七根肋骨，正好靠近他这侧。

身上的香水味很甜，像水果，一口就能咬掉的那种。

明礼在心底骂了声，今晚的自己可真是糟糕。

他又看了眼她右侧第七根肋骨的地方，女人是男人的第七根肋骨。明礼抬手撸了把脸，狠狠捏了捏眉心，迫使自己把视线落在电脑屏幕上。

“就这么多？”他问。

“嗯。”简意淡淡应了声，“全在这里。”

文件拷贝好，简意拔下U盘放在桌上：“红豆的事情我不会对外说，有关李思录的新闻我应该不会再跟，如果网上出现对警方不利的舆论，跟我无关。”

明礼大手抓起U盘抬腿就走。

“这个你该用还是得用。”明礼走出大门，手指拨了下防盗链条。

明礼双手插兜乘电梯下楼，电梯门开，门口站着一个斯文清秀的年轻男子，手里拎着袋子在等电梯。瞧见明礼从电梯里出来，男子斜了他一眼，眼睛里带着敌意。

明礼不以为意地瞥了眼男子手里的袋子，黑色塑料袋，里面装的什么看不出来。

等电梯的有两三个人，和男子前后进去。

男子嚼着口香糖背靠在电梯里的镜面墙上，低头刷着手机游戏，吊儿郎当地晃着腿。电梯门合上的瞬间，他视线从手机屏幕上抬起来，眼神充满敌意。

罪犯看警察的眼神。

明礼伸手按了下旁边另一间电梯的上行键，眼睛盯着刚才那间电梯上方的红色数字。

六层停了一下，十二层停了下，十五层停了下。

明礼心口一突。

旁边电梯依旧停在十八层没有下来的迹象，他骂了声，走楼梯上楼。

浴室淋雨热水器不好用，简意快速冲了下澡，扯着浴巾胡乱擦了几下，裹在身上拉开浴室门。

顾哲站在客厅背过身：“家里还有男人呢，你能不能注意点儿影响。”

简意愣了下，“砰”地关上门。

“顾哲！”简意咬牙切齿，“你怎么进来的！”

“这可怨不着我，打你电话关机，按门铃又不应，屋里灯亮着，我以为你出了什么事。”顾哲解释，“我刚进来，还没来得及跟你打招呼你就出来了。”

“不是，我是问你怎么进来的，门上有两道锁！”

“你可能忘了我三百六十个外号之一，开锁小能手。”

短短不到二十分钟，前后被两个人开了锁，简意内心崩溃，生无可恋。

“待会儿给你换把锁，我特制的。”顾哲拿着手机拉开门出去。

明礼额头挂着一层细汗从楼梯间走出来，一眼看见刚才那个男子懒散地靠在简意家门口的墙壁上低头玩着手机。

房门紧闭，手里没了刚才的黑色塑料袋。

顾哲感应到他人的视线，抬起脸。

明礼平静地迎上他的目光。

“找哪位？”顾哲一脸不耐烦。

“回家。”明礼说。

“请回。”顾哲重新把视线落在手机屏幕上。

明礼迈着长腿朝他走了两步，顾哲再次抬脸。明礼无视他，直接走到门前，抬手触到密码锁上。

顾哲好整以暇看着他，刚要把手机网页上的《宪法》第三十九条和《刑法》第二百四十五条展示给他看，门从里面推开。

“你进来吧。”简意身上罩了件及膝条纹衫，露出两截嫩藕般的小腿，“你赶紧给这门换把锁，刚才有个变态跟你一样直接破了锁……”

门口立着两个“开锁小能手”，气氛不算融洽。

顾哲靠在门口，挑衅地看着明礼，语调散漫地说道：“这里有位认错家门的大叔。”

气氛陷入尴尬。

明礼从容地把悬在密码锁上的手抄回裤兜里。事已至此，他索性豁出去脸皮：“警民是一家。”

简意不知道他们二人刚刚发生了什么，但是顾哲此刻的不爽写满了全脸，从小就和警察不对付的主，简意怕他又胡来，忙抢在他前头说："明队，还有事？"

"就是来提醒你换个密码。"明礼双手抄兜原地转了个身往回走，"毕竟这年头变态比较多。"

顾哲"嘿"了声，抬腿就要跟过去。

简意拉着他的胳膊往屋子里拽："顾哲，你过来。"

顾哲不情不愿地被她拖进屋里，简意关门的时候，瞧见明礼的背影刚好消失在走廊转角。

"他就是明礼？"顾哲语气带着刺儿。

"嗯。"简意从冰箱里给他拿了瓶水，"我回家的时候他就在门口，来拿李思录的照片，我早上跟你说过。"

"他撬了你家锁？"

"当我面开的。他没你厉害，你是直接破了我的密码，他是看见我输了密码。"

"你喜欢这样的？"

"什么？"

"你挑男人的眼光堪忧啊。"顾哲扬脖一口气灌了半瓶水，"扒了那层皮还不都是一个样。"

"我找男朋友先让你过目，行了吧。"

顾哲窝在沙发上愣了半天，"你离他远点儿。"

"哦。"

顾哲比简意大一岁，在爸妈面前简意会叫他一声哥，但是在她心里一直把他当弟弟看，成天有一出没一出地跟小屁孩一样瞎胡闹。

简意本以为顾哲会揪着明礼叨叨个没完，但是直到换了锁装好监控离开，他都没提明礼一个字。这样的顾哲让她有种莫名的不安。

这种不安像是刻在骨头里，她的不安来源于顾哲，确切地说来源于顾哲散发出来的危险信号。

从简意家出来，明礼直接开车回家。

两天一夜没有合眼，他太阳穴发涨，眼皮重得像是粘了502胶水，等红绿灯的时候，脑袋差点磕在方向盘上。

他撸了把脸，降下车窗，夜风灌进来，脑筋清爽不少。

明礼在内心暗骂自己没出息，他今天的种种行为，没法解释。

那声顾哲，他听得很清晰。顾哲是她男朋友？小伙长得还不赖，别再把人家克死喽。

当晚凌晨，李思录所在的经纪公司发布了一则简短的声明，称李思录已经离世，具体死亡原因等警方进一步查明。

一时间，网页几近崩溃。

因有鸿卫酒店地下停车场的视频在先，绝大部分网友倾向李思录死于一场意外，借由他的死，开始宣传正确使用车载空调方法，并呼吁大家不要开着空调在车里长时间睡觉……

剩下一部分阴谋论的网友则认为他的死没那么简单，为了证明是他杀，他们条分缕析地给出了不少解释，甚至列出了圈内几个可疑对象，图文并茂，其实都经不起推敲。

简意靠在床头抱着笔记本一一浏览着这些八卦，截至现在，没人提到过车里的红豆，看来这一消息还没有流露出去。

如果没有那些红豆，简意压根不会往他杀方面想，她总觉得铺在座椅上的红豆太过诡异。

红豆，为什么有红豆？为什么是红豆？

节目组中午十二点半开始吃饭，下午两点十分左右离开鸿卫酒店。明礼曾说她到停车场的时候，李思录已经死了近两个小时，也就是说，李思录死亡时间大概在晚上七点到八点之间。

原地怠速开空调致使车内一氧化碳浓度高到令人昏厥、死亡需要一定的时间，照此推断，李思录随节目组一起下楼到停车场后就没有出来过。

李思录喝了酒却坐在驾驶位，助理和司机哪里去了？有极大的可能是他当时支开了助理和司机，在车里见了一个人。这个人是谁？为什么要在车里放一把红豆？

又回到红豆这一问题上。红豆一般使人联想到爱情，李思录见的是个女人？不是李思录的妻子肖君，她当时正在海城拍戏。

网上乱成这样，不知道肖君现在是什么情况。简意点开肖君的微博。

长篇血泪悼文，图片背景是两人的一张结婚照。照片上灿烂笑容的反衬，更显得悼文悲怆。该微博下的评论已经突破百万，全是粉丝的安慰和点蜡。

李思录和肖君经常在微博上互动，日常晒恩爱，是娱乐圈公认的一对模范夫妻，现如今丈夫英年早逝，令人唏嘘。

但是昨晚在鸿卫停车场，简意听得清楚，有个警察用李思录的手机给肖君打电话，第一通那头没有接听，再打过去时对方已经关机。

他们的关系绝不会像微博上呈现的那样恩爱，甚至可能还不如一般夫妻。

红豆，女人，夫妻关系不睦。当时和李思录在车上见面的是他的外遇对象？情杀？这也忒狗血了。简意盘腿坐在椅子上，反反复复看了好几遍李思录的从影履历。

1985年出生在青城，影视表演专业，2007年本科毕业，现定居湖城。

尚未毕业时就被圈内一个大导演选中，以新人身份出演电影男主，因出色的表现一炮而红。毕业后的从影经历极为顺畅，出演的几部影视剧口碑在业界都很高，去年更是凭借《本王偏头疼》夺得了某电影节最佳男演员的奖杯。

他就是在这个电影节上公开向肖君求的婚，当时曾轰动了整个娱乐圈，也是流传至今的一段佳话。

李思录性格温和，不耍大牌，经常参加公益活动，捐款资助等等出手大方……

鼠标滑过云州这一地名，简意停住。云州是盛产红豆的地方。

2009年8月，李思录曾经去过云州支教，回来后资助了一个当地学生。

简意试着在浏览器上输入“李思录云州资助”这个关键词，十秒不到，网页上全是当年有关此事的报道，只不过隐去了受助者的名字。

报道中倒是有张受助者和李思录的合影，脸上被打了马赛克，从衣着打扮和身高来看，明显是个小女孩。

处于对受助者的隐私保护，新闻中对受助者的家庭和学校只字未提，只是说她正在念小学六年级。按时间推算，如果她没有半途辍学，正常来算，今年也该念大学了。

李思录这次的节目录制就在大学城，死前当天上午在湖城理工大学体育场录制节目，录制内容是和该校学生代表游戏互动，学生代表有男有女，是校方选出来的优秀学生。

需要排查学生名单！她能想到这些，警方肯定也会想到。

第二天和顾哲闲聊时，简意说了这些，遭到他的强烈谴责。

“为了让张斐然给你几天假，我差点儿卖了身。”顾哲仰天长叹，“就算李思录是他杀，关你什么事儿？”

“反正闲着也是闲着。”简意浏览着论坛上的八卦，“吃瓜群众就爱好这些，如果我查出来凶手是谁，娱乐周刊肯定会稳居话题流量榜首。”

“娱乐周刊又不是你开的，至于吗？”

“要不你开一个公司？我去你公司上班，怎么样？”

“可别，我怕公司客户死绝。”

简意关掉网页，扭头看顾哲：“顾叔叔昨天给我打电话了，问你最近在忙些什么。”

“瞎混呗。”顾哲无所谓说。

“可是顾叔叔说，你在忙着市场调研，准备自己开公司，什么创业板 B2B 的，我没听懂。”

顾哲笑了：“瞎忽悠他的，以后他再问你，你就这么说。”

“我觉得……”

“简爸跟我打听你时，我可没说你在当娱记，他老人家还以为你四处奔波在为民请愿呢。”顾哲双手不带停地在键盘上忙活着，“这次如果不是我拦着，他就准备让你帮一群受苦受难的老头老太太们写报道去。”

简父是军人出身，性格耿直，爱憎分明，年轻时脾气暴躁，一言不合就抄家伙。现在年纪大了，脾气收敛温和许多，但是看到什么违背世道的事情，还是忍不住捋袖子插手去管一管。

简意毕业后进了电视台当社会新闻记者，每天做的事情就是揭露不法事实，纵然有次她暗访黑作坊被打断一根肋骨，简父也没有说她的工作半点儿不好，为此简母还和他大吵了一架。

“我爸该不会到现在都以为我还在电视台上班吧？”简意问。

“没啊，辞职信不是简妈陪着你一起递交的吗？我跟他们说，你在一家新媒体公司上班，专管社会大新闻，没有人身危险。嘿，不是我说你，我走哪儿都是水土不服只服你，当个娱记都能遇到人身危险。停车场撞你的人我正在找，已经有信儿了。”

顾哲收拾着平板电脑要走：“佳人有约，走了。”

不到两天，顾哲就查了出来。

脖子上有文身的那个叫阿龙，确实就是市局在找的“327”那帮人里的一个。“327”后他出去躲了大半年，现在冒着风险潜进湖城，好像是要走一批货，挺急。

李思录出事那晚，阿龙约了以前一个小弟谈事，刚说了没几句，就见简意偷偷摸摸拿了个DV在停车场里转悠，以为她是个警察，就想撞一下把DV抢过来，当时根本没瞧清简意长啥样，隔天才知道停车场里死了个演员，他们估摸着简意就是去偷拍那个死演员的，跟警察没什么关系，也就没有想着再去找她。

既然已经查出来阿龙就是“327”事件里的嫌疑人，简意劝顾哲把他查到的线索交给警察，顾哲不理，并放话说各凭本事吧。

各凭本事？简单四个字让简意出了一层冷汗，如果顾哲掺和进去这些事……后果……她不敢想。

就在她考虑着要不要去市局找明礼说明这一情况时，在小区门口的大排档上却见着了他。短袖休闲裤，寻常打扮，坐着的时候比其他人要高出一个头，正在和陆天枪撸串，喝着酒。

简意站在街对面看着明礼的侧影犹豫了下，还是决定把阿龙的事情告诉他。

陆天枪咬着烤腰子瞧见正在过马路的简意，朝着她的方向扬下巴："老大，那不是小美女吗？"

明礼咬着烤串，眼睛朝左边扫了下。

简意刚穿过马路，正抬头朝他们这桌望过来。明礼状似没看见她，不动声色地收回视线。

"我是说柯南他妹，我怎么觉得她这是冲着咱们来的？"陆天枪已经站了起来，挥着手里的烤腰子向简意打招呼，"柯南他妹，不要告诉我你是在蹲点我们。"

简意走过来，也没客气，直接坐在到了明礼旁边的塑料凳上："明队。"

"这些我们还没动，你随便吃。"陆天枪坐下来，往简意跟前推了推放了一堆羊肉串的盘子，"又死了个明星？局里也没听说啊。"

"我吃过饭了。"简意又把盘子推回去，"明队，停车场SUV里的人找到了吗？"

明礼咬着烤串没吭声。

陆天枪："查案细节不能对外透露。"

简意："我没问细节，我就是问问脖子里有文身的那个人找到没？"

陆天枪一摆手："都一样，不能透露。"

简意扭脸看旁边的明礼。

明礼一脸淡然："没有。"

"我有个不成熟的小建议，柯南他妹，要不你去蹲守阿龙吧。"陆天枪笑着说。

"阿龙？"简意念了遍这个名字。

明礼狠狠瞪了陆天枪一眼，陆天枪连忙低头咬了一口羊肉串，不说话了。

"如果你们说的阿龙就是SUV副驾驶位上的那个人，"简意不知道他们查到了多少，索性把来意挑明，"我知道他在哪里。"

陆天枪猛地抬头，明礼眯着眼偏头去看简意。

"庆丰路拐角汽修店有一个姓李的小工，"简意回忆着顾哲昨天那通电话的内容，"他前几天跟老板请假，说他老家来了亲戚，这个亲戚就是阿龙。"

陆天枪张大眼睛看明礼，他们刚从庆丰路出来，也盘查了拐角的那家汽修店，确实有个姓李的小工，他当时不在店内。老板说小李经常请假，好在干活还算麻利，工资要得也不高，就没有辞退他。

明礼刚要开口，就见简意像刚出水的鱼一样，一下出溜到桌底。明礼右手扶着桌，一双锐利的眼睛警惕地扫向四周。

人声嘈杂的大排档，老板一边往炭火上的烤串刷酱一边吆喝着老板娘去七号桌收账。简意过来时共有八桌二十五个人，现在还是八桌二十五个人，桌桌食客都在喝酒说话，并没有什么异常举动。

简意坐着的这个位置，能看见的视线范围只有大排档和马路。

明礼看向马路。

一个身穿白衬衣的年轻男子拎着一只编织篓，正沿着大排档这边的马路边不紧不慢地走着。路上行人不少，但是明礼一眼就瞅见了他，太扎眼了。

白衬衣一边衣摆扎进裤子里，剩下另一边耷拉出来，纽扣也是系得乱七八糟。他单手从裤兜里捞出一条皱巴巴的领带，开始往脖子里套。

慢条斯理，优雅绅士。

有那么一瞬，明礼觉得他在走红地毯，头顶一排路灯都是在给他打柔光，大排档里的嘈杂声音全是粉丝在给他疯狂呐喊。

真像个耍大牌的明星。

明礼从这人身上收回视线，落在桌底下蹲着的简意身上。他本来想抬脚把简意踹出来，但是想到她刚才提到阿龙，抬起脚时他改了主意。

阿龙极有可能就和走来的这个人有关系。

明礼左脚伸到简意屁股下，膝盖抵住她的背，铲屎一样把她铲到自个儿跟前护住。登山鞋，鞋面不算薄，但臀部的质感还是隔着鞋面清晰地传过来。电流一样瞬即传遍全身。

明礼拿掉嘴里的烤串签，上面有一个不算浅的牙印痕迹。

第三章

简意尴尬地抬了抬臀。

“老大，我这儿还有，你不用咬。”陆天枪说着把剩下的烤串推到明礼面前。

“走开。”明礼拿下竹签放在桌面上的一片油渍里，眼睛余光去瞧马路沿。

只见那个人整理好领带，又从裤兜里掏出一副眼镜，慢腾腾夹在了鼻梁上。然后，他忽然扭头看向大排档方向，抬手伸出修长的中指，优雅地推了推鼻梁上的眼镜架。

明礼眼皮跳了跳，他觉得这个人推眼镜架的时候，好像扯着嘴角笑来着。这个距离，又是晚上，按说根本看不到他的面部表情。但就是觉得他扯着嘴角笑了，还笑得特诡异。

这时，戴好眼镜的那个人已经拎着编织篓消失在简意所在小区的大门。

明礼用膝盖顶了顶简意的脊背：“出来吧。”

简意这才从桌底下爬出来，眼睛去看向对面街道：“他进小区了？”

“嗯。”明礼别了下膝盖，把她从跟前别走，“你躲他？为什么？”

“你们说谁呢？我瞅半天什么也没瞅到啊。”陆天枪嚷嚷。

“我哥。”简意重新做回凳子上，又解释了句，“顾哲是我哥。”

桌上静了一瞬。

简意一直低着头，感觉鼻尖的空气被大泵抽走，她有些呼吸不上来。其实没必要解释，但是不知道为什么，像是怕谁误会，张嘴就解释她和顾哲的关系。

她潜意识里就是怕那个谁误会。

简意咬了咬唇，顿时就有些拘谨了。她抬脸，迎上明礼难以名状的目光：“他不喜欢警察。”

声音轻而柔，像根羽毛刮过明礼的心尖。她的眼睛湿漉漉的，像小鹿。

想着这头小鹿刚才就窝在自己腿下，明礼睨着她，心思再一次不健康起来。明礼觉得自己最近内分泌失调得有些离谱，他拣着话问：“为什么不喜欢？”

简意：“因为他觉得自己比警察聪明。”

明礼从鼻子里哼了声，陆天枪咧嘴咦了声。

“那是因为你以前没见着我。”明礼偏头睨着她，头一遭把心理活动念出了声，“顾哲，你哥姓顾？”

“哦……我爸妈的干儿子。”

“阿龙的事情，是他跟你说的？”明礼生硬地强转了话题。

陆天枪仓鼠般啃着羊肉串，老大终于记起阿龙这回事了。

简意愣了愣，点头：“但是顾哲和他们没有任何关系，他就是担心我的安危才去查他们。”

“顾哲什么时候知道那个人叫阿龙？”

“前天。”

“说说具体情况。”

“具体我也不知道，我就知道阿龙这几天一直和庆丰路那家汽修店的小工有联系。”简意犹豫了下，从包里掏出手机，在图库里翻出一张照片展示给明礼看，“这个电话号码的主人也知道阿龙的一些事情。”

明礼接过手机，照片上是通话记录，一串电话下面显示呼入时间是昨晚十点零二分，通话时间三分钟。

明礼默记了遍电话号码：“这是你偷拍顾哲的通话记录？”

“嗯。”简意接过手机塞进包里站起来，“我就知道这么多，顾哲大概也只知道这些。举报奖金就不用给了，但是你们查案的时候，尤其是找这个电话主人问话时，不能提顾哲。”

“保护举报人的权利是警察应尽的义务和责任，如果这些情报经查属实，回头局里送你面锦旗。”一本正经的话里带着不正经的语气。

“不必，不浪费你们市局的布料是市民应有的觉悟。”简意满脸黑线提步往外走。

“刚才的照片发我一张。”明礼吆喝了声。

简意一直走下台阶才回头：“我会发给 110。”

明礼眯眼看着她穿过马路走进小区门口。

“老大，你说的照片，是她刚给你看的手机号码吧。你不是过目不忘吗？一个电话号码会记不住？”陆天枪问。

“走开。”

“不是老大，短信报警不是12110吗？她怎么给110发照片？逻辑说不通啊，还有……”

明礼抓起一把竹签拍他脑袋上：“要吃就吃，不吃闭嘴。”

扫荡完桌上的烤串去庆丰路的时候，陆天枪才后知后觉琢磨了出来，刚老大是想要简意的电话号码来着，结果被她拒绝了。

简意走出电梯左转到走廊，一眼瞧见顾哲坐在家门口的地板上，脚边放着一篓大闸蟹。她心虚地走过去：“你怎么不进去？不是有钥匙吗？”

“怕吓着你。”顾哲坐着没动，只是皱了皱鼻子，“你去吃烤串了？”

“啊？哦……”简意抬起胳膊闻了闻外套袖子，掏钥匙开门。

顾哲笑笑站起来，把大闸蟹拎进屋里：“把这个煮上，明天就不新鲜了。”

“我吃不完。”

“没让你吃，是我要吃。”

简意把包挂在门后，回头去看他——金丝边眼睛，只有镜框，没有镜片。白衬衣板正规矩地全部扎在西裤里，斜纹领带一丝不苟，上面甚至还有个领带夹。

“你今天干什么去了？”简意问。

“谈了一个项目。”顾哲开始解领带，“大闸蟹就是从合作商那里顺过来的。”

“什么项目？你真要开公司？”

“当然是一起发财的项目，公司如果真的开起来，我就把你弄进对手公司里，专门让你跑业务逮客户。用不了多久，还没死的客户准争破头往我公司跑。”

简意拎着大闸蟹去厨房，不理他。她把编织篓放在灶台上，摸了下屁股，似是在拍掉如影随形的那只脚。她想骂人，转念想到自己曾看过他的……屁股上这一脚，就算扯平？但还是想骂人。

不知道为什么，看见明礼，她心里就堵得慌。每个人都有各自的本事，他的本事就是招人烦。

半个小时后，简意端着一盆大闸蟹从厨房出来时，顾哲已经躺在客厅沙发上睡着了。

简意把大闸蟹放在餐桌上，又去厨房拿来酱料。

顾哲闻到香味挣扎着爬起来洗了手回来，半睡半醒眯瞪着眼有一口没一口地往嘴里塞蟹肉，简意和他说话，他就哼哼唧唧地应付着。

半盆下肚的时候，他像是猛地醒了过来，冷不丁说了句："阿龙的事情，你想跟警察说就说吧，我觉得不好玩，不想再跟他们玩了。"

简意蘸酱的手顿住，盯着他看了半天，点头，顺带说教了他两句。

顾哲只管嗯嗯听着，没有反驳。

刚在小区门口的大排档，他虽然只看见了明礼，但是简意身上的烤串味，还有她撒谎的时候总是会下意识地摸耳朵……这让他很不舒服。

阿龙既然没认出简意，顾哲也不想再插手，至于警察抓不抓得住阿龙，凭他们本事了。就是那个明礼，站在简意身边的样子很丑。

他偷摸来见简意的样子真丑。

“想什么呢你？”简意斜眼看他，“你吃的蟹腿还没剥壳，你吃不出来？”

顾哲把嘴里的蟹壳“呸”出来，扯了张餐巾纸优雅地擦擦嘴，慢条斯理地说道：“哦，我在想李思录，你上次说他云州资助的那孩子，没准我能查出来。”

“李思录？你不是不让我管？”简意赶不上顾哲跳跃的思维。

顾哲：“闲着无聊。”

由简意给的情报，警方很快掌握了阿龙的动向，为了引更大的蛇出洞，经开会研究，决定先严防死控，按着阿龙不动。

因交给缉毒队接手，分担了不少刑警队的工作，明礼才腾出空来查看李思录的卷宗。队里警察已经走访了李思录妻子和经纪公司同事诸人，对于李思录死亡当天的行踪说辞基本一致。

“十月十六日出现在李思录手机通话记录上的人都排查过了吗？”明礼问。

“查过了，都在这里。”陆天枪把卷宗翻到其中一页，“当天李思录共打出三个电话，接过两个电话，最后一通电话是下午两点零三分，他打给助理张紫的，通话时长二十八秒。这里有张紫的笔录，她说李思录给她打电话让她先行回铭豪酒店，他有事情要外出一趟。”

“没说什么事情？”

“没有，二十八秒，也说不了什么东西。”

“李思录说他有事要外出一趟时，语气怎么样？”

“助理说没有什么异常，和平时一样。对了，助理还说，李思录以前经常这样，私自离队单独行动，不要助理随行。所以这次李思录打电话这样说时，她也没有多问，就跟着节目组一起回的铭豪酒店。铭豪酒店监控显示，她和节目组一起出现在酒店大堂，然后待在房间里就没再出来过。”

“经常单独行动？助理不知道他在忙什么？”明礼拆开一桶泡面，撕开调料包一股脑全倒进去，再走到办公室角落的饮水机前接了热水端过来放桌上，拿起叉子把泡面盖插得严严实实。

“笔录上是说不知道。”陆天枪舔了舔嘴唇，眼睛盯着泡面，“老大，给我来一桶。”

“来什么来！屁都问不出来。”明礼一脚踹在他屁股上。

陆天枪跳到三尺之外，嗷嗷叫唤：“助理的笔录不是我去做的啊，我和小六走访的是李思录老婆。”

“一桶泡面的时间，把李思录十月十六日的行程和关系人列在白板上。”明礼扔给他一只马克笔，又在抽屉里扒拉了一阵，摸出两根香肠，看了看陆天枪，“会给你留一根，别整得跟没吃过食的野狗一样。”

陆天枪应了声，拿着马克笔飞快在白板中央写下“李思录”三个大字，再用磁铁贴上他躺在驾驶位上的照片，然后比对着卷宗开始列他的利害关系人和死亡当天的行程。

明礼把泡面吸完时，陆天枪刚列好行程表和关系图。

“老大，我觉得吧，李思录就是酒后乱性，结果把自个儿作死了。”

“破案靠‘我觉得’？那我坐在这里一天能破八百万个悬案。”

明礼把泡面一推站起来，大步跨到白板前，盯着关系图看了会儿，拿了一只红色的马克笔圈住李思录妻子肖君的名字，再在李思录名字下面导出一个红箭头，写上“红豆”两个大字，问道：

“肖君的笔录是你做的？”

“嗯，我和小六。”陆天枪咬开火腿肠，用叉子捣进泡面桶里，“本人比电视上要瘦上一圈，不过人是真好看。”

明礼从卷宗里拿出红豆的照片贴上：“那天下午和李思录一起在车上的人找到没？”

“要能找到是谁和他在车上做了那种事，这案子不就结了吗？”陆天枪手拿着叉子在泡面盖上一通乱扎，小声嘀咕道。

“你去问肖君时，就没问出来点儿李思录的情史？”明礼抬腿坐在桌上。

“情史？”陆天枪冷笑了声，“要我说，这演员就是演员，脸上的喜怒哀乐你压根都分不清真真假假。我还没开口呢，她就梨花带雨一通哭，劝都劝不住，越劝越哭。好不容易止住哭了，我想赶紧问吧，刚问她十月十六日李思录死的那天晚上，我们用李思录的手机给她打电话她为什么不接，她又开哭了，断断续续说她那会儿正在背台词等拍夜戏，怕外界打扰，手机不在她手上。”

“手机在她助理那里？向她助理求证了？”明礼问。

“老大，你怎么知道手机在她助理那里？”

明礼抬手就要拍他：“你瞎啊，我不正在看你做的笔录？”

陆天枪挠挠头，抱着泡面桶坐在办公桌另一头：“老大，你老这么拍我，我迟早变成痴呆。”

“显而易见，你已然是个痴呆。”明礼恨铁不成钢，“你专业是练劈叉的？别总是岔开话题，问你话呢，你问过她助理了吗？”

“噢，我问过了，她助理也是这么说的。”

明礼翻完肖君的笔录，接着翻李思录经纪人马文青的笔录，翻了两下，没什么有价值的东西。

陆天枪脸埋在泡面桶里，头上冒着白烟："我总不能直说她老公死前和别人行过周公之礼，然后问她知不知道那个人是谁吧。"

"为什么不能说？"明礼反问了句，站起来就往门外走。

陆天枪刚喝了一口汤，全呛了出来。

陆天枪端起泡面桶继续吃着，忙不迭地跟在明礼后面走出办公室："老大，咱们这是去那儿？"

"找他们的经纪人和肖君的助理再问一遍。"

"怎么不去找肖君？"老大这不也是专拣软柿子捏？

"时间太仓促，来不及做小金人。"明礼说。

"什么小金人？"陆天枪快速把泡面吸完，还剩半桶汤汁，他随手放在楼道口的垃圾桶盖上，"做小金人干什么用？"

"奥斯卡欠她的小金人。"

明礼的语气一本正经，陆天枪硬是愣了好半天才明白他说的是啥意思。

老大的嘴可真是欠。

二十多分钟后，明礼把吉普车停在尚娱经纪公司楼下。

尚娱经纪是圈内名列前茅的经纪公司，旗下数百名艺人，其中一线艺人就有好几个。这类经纪公司最擅长打造明星，李思录和肖君就是被他们一手捧起来的。

自李思录结婚后，公司为了方便管理，换掉了肖君原来的经纪人，把马文青指配给了她，也就是说，他们夫妻的经纪人都是马文青。

李思录的咖位算是在二线和一线之间徘徊，网友都说是肖君拖累了他，他如果不结婚，早就步入一线明星的行列了。肖君倒是凭着和他结婚，直接从十八线小艺人跃升至三四线。但是这些毫不妨碍他们夫妻恩爱，加上肖君又是个性感美人，网友对他们一直也是持祝福态度，他们结婚那段时间全网都在刷“思君，我又相信爱情了”的话题。

李氏夫妻同属一个公司，除了经纪人和助理，同事对他们夫妻的真实关系的感知也是一个不可忽视的参考。

明礼和陆天枪都穿着便服，被前台拦下后，明礼出示了证件，等前台电话请示后就直接进电梯上楼。

上楼后，就见马文青拿着手机小跑过来和他们打招呼，态度还算和善：“明队，还劳烦你们过来一趟，电话里说不清的，我直接去市局就行。”

“顺路。”明礼单手插兜，“就十分钟，不耽误你工作。”

周围都是来来往往的员工，都很忙碌的样子，因明礼和陆天枪穿着便服，没引起什么人的格外留意。

只有两个小姑娘路过他们身边时，回头看了明礼一眼，捂嘴小声议论：“这人是谁？瞧着面生。”

“身材和气质来看，是公司新签的模特吧。”另一个小姑娘说。

“没准是花重金挖过来的，这个长相和身材，再加上青姐的助攻，出不了今年就能火出圈外。”

“李思录刚没，公司就让青姐带新人，是想把他捧成另外一个李思录？不知道肖君知道了会怎么想？”

“肖君，哼，没准正偷着乐呢，你还不知道她和李思录……”

“嘘，小声点……”

明礼是出了名的两只耳朵可以分开用的主，他一边和马文青聊天，一边把两个小姑娘的对话听进了耳朵里。

“李思录和肖君有专门的工作间吗？”明礼问。

“有是有。”马文青说，“在楼上，本来是李思录的，不过肖君也会在那里休息。”

“你和我一起？还是我自己过去？”明礼压根不给她留拒绝的选择。

“这个……”马文青脸上始终带着标准的微笑，“公司有点儿乱，路不太好找，我带您过去。”

明礼点了下头，接着对陆天枪使了个眼神：“你就别上去了，在这等着吧。”

马文青见状，立马招呼陆天枪：“这位警察同志，大厅里的饮料茶水你可以随便自取，那边还有会客沙发。”

“大公司就是不一样，人道。”陆天枪笑眯眯恭维了句，又看向明礼，“老大，就一杯茶，可以喝吧？”

明礼点了下头，笑得有些不正经：“发现你再勾搭漂亮姑娘，我就打断你的腿。”

“不能够。”陆天枪已经蹦跳着去刚才那两个小姑娘待的地儿去了。

马文青带明礼上楼，笑着说：“明队挺幽默。”

“这就是‘不打不成器’，老祖宗的话能理所当然地实战运用。”明礼随口说了一句，惹得马文青一通乐。

室内螺旋环绕楼梯，明礼的这种大步差不多半分钟才走完。李思录的工作间不算大，但隐蔽性还挺好，花花草草和一些书籍错落有致排放，小资又有格调。

马文青介绍：“思录出事后，这里一直还没人收拾。”

“除了肖君，平时有谁能自由进出这里？”明礼拿起桌上的相框，里面是张李思录和肖君依偎的合影，“肖君这几天来过吗？”

“思录性格好，没有什么矫情的讲究，商量工作的时候，我和几个助理都能来这里，公司同事也有过来说话的。”马文青念及李思录，眉宇间都是悲痛，“肖君昨天下午有来过公司，有没有进过这屋我不太清楚，不过她在公司也就不到二十分钟，就算在这屋里待，也待不了太长时间。”

二十分钟？二十秒都能干好多事。

“肖君来公司待了二十分钟？”

“有个合同需要她来公司签一下。”

明礼点了下头，放下相框，随手在桌上翻着各种小摆件，直接问：“李思录和肖君关系怎么样？”

马文青明显迟疑了下：“他们很好，很恩爱。”

明礼勾着唇角笑了下：“各玩各的？”

马文青没想到他会这样说话，愣了片刻才语带愤怒地说：“请您注意用词！不要随随便便诋毁他们名誉！”

“不随便。”明礼敛起了笑，他不笑的时候，给人的压迫感十足，“尸检报告你有看吧？李思录死前有发生过性行为，而据我们所知，肖君当天不在湖城。”

马文青阴着一张脸抱臂不语，但是身上的气势已经减半。

抱臂，典型的防卫姿势。

“警方对你们公司艺人的私生活不感兴趣，但是涉及案情的，请你们配合。早配合，早结案。”明礼晃悠到书架前，抽出《百年孤独》翻了下，书十成新。不论是李还是肖，他们都没人挺过去第二页，“和李思录发生性关系的人是谁？”

“不知道。”马文青冷冷说。

“如果我说就是这个人清楚地知道李思录是不是死于意外，

你还会说不知道吗？”明礼把《百年孤独》塞进去，又在书架最上面拿出一本《瓦尔登湖》。嚯，表面一层灰。

明礼回头看了眼马文青。

马文青脸色渐缓，见明礼看过来，她叹了口气：“我真不知道是谁，思录其实很注重自己的私生活隐私。”

“也就是说你知道有这么个人。”明礼看着她。

她眼睛闪烁着，没有否认。

“肖君知道吗？”明礼问。

“她和我一样，也知道这么个人，但不知道是谁。”马文青解释，“她找我哭诉过这个事。”

明礼再拿出一本《洛丽塔》，刚翻了两下，一张照片掉在地上。

两人都是一愣。

明礼捡起来，一张合影。一个阳光大男孩和一个扎羊角辫的清秀小女孩。男孩眉目依稀可辨出是李思录，照片背后写着“2009.08 摄于云州”。

马文青走过来，皱着眉说：“云州，我知道这个，李思录刚出道时去过云州做支教，回来后资助了一个云州的女孩，当时这事儿有报道。其实这件事也一直是我们公司用来宣传他的卖点之一。”

明礼拿着这张照片问道：“这女孩叫什么？她的情况你知道多少？”

“殷文秀，她现在都上大学了，就在湖城，还是思录给资助的学费。”马文青面露惋惜，“其实公司有准备年底做档节目，跟踪报道一下这个女孩，毕竟思录坚持了这么多年的资助，对他的名声和热度总是有好处的。”

“这事儿李思录和殷文秀都知道吗？”明礼问。

“没有，公司企划部刚提上日程，还没有跟思录说。”马文青说，“我办公室有这女孩的资料，如果……”

“拿给我。”工作间没有再待下去的必要，明礼很干脆说了声，然后把照片夹在《洛丽塔》里，“这本书我先拿回去，结案时一并归还。”

马文青锁上工作间，和明礼一起下楼。

“肖君知道殷文秀在湖城上大学吗？”明礼拧了下眉。

“知道的。”马文青说完，似有所悟，忽地抬头，“你怀疑和思录有染的女人是殷文秀？”

“事情查清楚之前，任何人都可以是怀疑对象。”

开车去湖城医学院的路上，陆天枪向明礼叨叨了半路，无非就是公司小姑娘多么漂亮，哪个明星长得和电视上看的不一样，当然还有李思录和肖君的关系，并没有外界传言的那么好，只不过是形象需要，公司在经营人设罢了……

末了，陆天枪才问：“老大，这不是回局里的路啊，我们去哪儿？”

“不要老是问去哪儿。”明礼把殷文秀的资料拍他脑袋上，“自己看。”

陆天枪接过资料，越看嘴巴张得越圆：“我的天！湖城医学院可不就在大学城？真是踏破铁鞋无觅处，得来全不费工夫。”

“还踏破铁鞋，我看你是原地踏步踏破的吧。”

“嘿嘿嘿。”陆天枪一阵傻笑，“还是老大厉害，老大一出手就知有没有。”

“人品爆发，纯属意外。”

一路堵堵停停，到达湖城医学院时，已经是下午五点半。车还没停稳，陆天枪就跳了下来，大声喊：“柯南他妹妹！”

五个字像定海神针，定得明礼差点儿都不会停车了。

明礼转过头往学校门口看。

长及脚踝的棉质连衣裙外一件磨白牛仔外套，白色帆布鞋，背着个书包。总感觉有什么神之光笼罩着她，连她散着的长发上都披着一层柔光。

明礼停好车走过去。

“老大，没死人。”陆天枪转头对明礼说。

“书包里装着 DV ？”明礼抬手。

“装 DV 犯法吗？”简意赶紧躲开这座大山的阴影怀抱，说着顾哲教给她的话，“做同样的事情，你做就是破案，我来做就是八卦，吸引眼球，煽动群众舆论。明队，不好这么‘双标’吧？”

明礼抬起的手最终落在自己的板寸上，他顺势撸了下头皮，眯起眼看她。

陆天枪见自己老大吃瘪，帮忙说话呛声道：“你出事了甭叫我们来负责。”

简意镇静地说：“保护公民的安全是人民警察的职责和应尽的义务。”

明礼盯着她，居心不良地痞笑：“所以，你整天上蹿下跳地在我眼前晃，就是为了让我对你负责？”

这个逻辑……好像也没有什么不对？

“以后甭晃了。”仗着身高优势，明礼俯视简意，继续说道：

“不晃，我也照样负得起责。”

简意缓过神来时，明礼已和陆天枪走远。

男人说这话，通常是什么意思？如果她去问顾哲，总觉得市局大门明天就能被他炸飞。

“老大，你变了。”陆天枪别有用意地说，“以前你也逗小姑娘，但不是这么个逗法。你看你把她撩得，都走不动道了，还在原地傻站着呢。”

“她就是个自以为是的呆子。”明礼回头瞧了一眼。

陆天枪算是听出来了，呆子和傻子的区别可大了去了。

反正他看老大，今天虽然情绪还不错，但是自从在校门口碰见“柯南他妹”后，整个人的情绪显然升华了不止一个层次，精气神都变了。

难道老大喜欢她？说也说不清楚。

老大喜欢这种小姑娘？感觉不太像啊，跟在老大身边两年，虽然不知道他到底喜欢什么样的女人，但是能让他精气神变了的，目前来说，还就“柯南他妹”独一个。

当然，走哪儿都能碰上命案这一技能，可不就是了不得。

马文青给的资料还算齐全。

殷文秀，二十岁，湖城医学院护理学专业，大二在读。殷文秀三岁那年，父母死于一场车祸，她一直跟着奶奶长大。十二岁那年，也就是二〇〇九年八月李思录刚出道去云州支教的时候，教的那个班正好是殷文秀所在的班级，当时李思录代表公司捐助了几百本书和教具。宣传说是支教，其实也就给孩子们上了一周的英语课，一周后李思录返回湖城。半个月后，殷文秀的奶奶突然病故，殷文秀成了一个真正的孤儿。李思录得知情况后，独自资助殷文秀的所有费用，每月汇一笔钱，这种状态一直持续到她念大学。

在他们过来医学院的路上，陆天枪已经运用强大的互联网查到了殷文秀的课表和所在的宿舍楼。

周五下午，五点四十分，殷文秀这会儿应该在宿舍。

明礼在宿舍楼下等了一会才进楼道，陆天枪下意识回头，看见简意的裙摆飘扬站在一棵法国梧桐树后面。

陆天枪顿悟：老大是在等简意？怕她摸不着门，所以等她寻过来？

真是男人心，海底针。

没等宿管阿姨开嗓，明礼就出示了证件，大步上楼，陆天枪紧跟其后。医学院的宿舍楼是三室一厅的十二人间，殷文秀住在302—3室，进去要过两道门。

302大厅的门敞开，客厅静悄悄没人走动，明礼在门口站了几秒钟，没有犹豫径直走向客厅最里面的3室，敲门。其他两个宿舍住的不是护理专业的学生，课表不一致，现在这个时间点儿可能还在上课，宿舍门上都挂着锁头。3室虽然关着门，但是里面能听到女生说话的声音。

明礼敲门到有人过来开门，只隔了不到半分钟，但是就在这短短二十多秒内，明礼看着宿舍的锁头，突地就勾起了他去简意家当她面开锁的那段回忆。

在一众小姑娘里，简意可以说是非常有警惕性了。

简意虽然要比这些大二的小姑娘大三四岁，但明礼不自觉就把她划入这拨小姑娘里，大概也许是因为她个头小吧。一米六三，其实也不算矮，但是脸小。小肉脸，感觉他一个巴掌都能盖完。

这时，一个娃娃头的女生打开了宿舍门，不等她开口，明礼把证件上的警徽展示到她脸前：“殷文秀在宿舍吗？”

娃娃头眨巴了下眼睛，眼睛是挺大，但没有简意的大。

“在的。”帅到令人窒息的警察叔叔。

随之大门敞开。秋天还好，大家就算是在宿舍，也没有穿得太暴露。

四人间的宿舍，宿舍里统共就两个人，除了刚才开门的娃娃头，还有一个长发女生端着水盆从阳台晾好衣服回来。瓜子脸，眼眸黑亮，皮肤水嫩白皙，挺清秀一姑娘。宿舍突然进来两个男人，她脸一下涨红，立在原地有些无措。

还挺容易害羞，这是陆天枪对她的第一印象，他有一丝迟疑，或许和李思录有关系的女人不会是她。

“殷文秀？”明礼脸上没什么表情，沉声问。

殷文秀点头。

“警察，找你了解一些情况。”明礼扫了下宿舍四张床，“你睡哪个床铺？”

陆天枪觉得老大问话总是这么干脆利落，直奔主题，只是就喜欢在简意身上绕圈圈。

明礼身高体壮，气场异常强大，啥也不干就往那一站，自成一股要压住全世界的骇人气势。总之一句话——没人敢惹。

殷文秀显然被他吓住了，全身都在抖，手里的塑料盆抖得像在筛糠，声音也在打颤：“这……这张。”

她的眼睛亮得像是要滴出泪，只看了一眼明礼，就缩了回来，一直盯着手里的水盆。

这张是哪张？明礼刚要开口，刚才给他们开门的娃娃头蹦跶过来，拍了拍挨着阳台的一张床，笑着开口：“就是这张，警察叔叔，文秀胆子小，你不要吓唬她。”

挨着阳台的床铺正好就在殷文秀旁边，她说这张床，逻辑上来讲也没有错。

明礼往前跨了两步，宿舍四张床还就她叠了被子，就连枕头都规规矩矩放在四方块豆腐的被子上面，床铺下面的书桌更是规整得不像话。明礼大致扫过了一遍，全是专业书，没有什么杂书。

陆天枪见老大不但把殷文秀吓哭，还完全不搭理娃娃头，他的怜悯之心如同搁在了火箭上，嗖的一下蹿上了天。他一边安慰殷文秀，一边和娃娃头打哈哈，忙得像个外交大使。

明礼再走到阳台上，阳台朝南，正好能看见进出楼道口的人。他往下瞅了瞅，一眼看见简意从楼道口里出来。明礼单手抄裤兜靠在栏杆上，挑了下眉梢，她还真是来找殷文秀的。

嘿，快赶上柯南了，不枉费我等你的时间。

“老大。”陆天枪叫了一声正在动歪心思的明礼，“要不，你问殷文秀同学的时候，我带计薇薇同学出去回避一下吧。”

陆天枪觉得，在没有查明真相以前，还是不要让殷文秀的同学们知道她和李思录的死有关的好。毕竟李思录是个明星，知名度太高，就算殷文秀和李思录的死没有关系，她在校园的生活算是毁了。再者，他也正好可以向计薇薇侧面打听一下殷文秀。

娃娃头计薇薇娇嗔：“不需要回避吧？警察叔叔，是学校出什么案子了吗？可以问我啊，我或许知道。”

她说这话时看着阳台上的明礼。

明礼的大掌在栏杆上一拍：“要不我回避？”

计薇薇吐了吐舌头："那还是我吧。"

陆天枪出去前，不忘笑着对殷文秀说："你不要害怕，队长问你什么，你就说什么就行了，他绝不会为难你。"

明礼真想一脚把他踹走。

"谢谢。"殷文秀小声说着，差点儿给他来个九十度鞠躬。

陆天枪越看越怜爱，心里无数个声音在说着绝不会是她。

计薇薇带上门，小声说："他是你们队长？帅是帅，可是好可怕。"

"不可怕怎么能当上老大？"陆天枪笑嘻嘻地往客厅走。

待他俩的声音听得不真切了，明礼从阳台上走回屋里，直接问道："你最后一次见李思录是什么时候？"

殷文秀弯腰把水盆放在桌子下，再站起来时，背靠着桌沿低头绞着手指，声音哽咽："九月底。"

"具体是九月几日？"话里听不出明礼是否信了她的说辞。

"九月二十八日。"殷文秀的声音已经由哽咽进化为抽泣。

"谁提出的见面？为什么见面？都说了什么，做了什么？"明礼一口气问完，他觉得他再拖得慢点，殷文秀的哽咽该升级为号啕大哭了。他可顶不住。

"李老师给我发的微信，他说他正好那天有空，约我出来吃顿饭。"殷文秀抽抽噎噎，感觉随时都能断气，"在李老师朋友的一家火锅店吃的饭……吃饭的时候就是随便聊了些学习上面的事情……吃过饭后，他开车送我到学校门口，给了我一台新手机和一千块钱。"

明礼看着桌上的一个白色手机，问："就是这个手机？"

殷文秀点头。

千元国产机，新倒是挺新。

“我看一下。”明礼过去拿起手机摁亮屏幕，设置有屏幕锁屏密码，其实他能解开，但觉得还是让手机主人解开的好，“密码？”

殷文秀犹豫了下，侧身过来在屏幕上输了一串数字。

李思录的微信昵称和头像明礼都记得，他直接打开微信通讯录，顺利找到李思录。殷文秀给李思录的微信备注是规规矩矩的“李老师”。

聊天内容只有两句话。

十月一日早九点，殷文秀发了四个字“节日快乐”，外加一个“可爱”的表情。一直到十月三日中午十二点三十分，李思录才回“节日快乐”。

一个表情符号也没有。

两人关系客气疏离，正常也不正常。以往经验告诉他，越是合理正常的就越是不正常。

“你们平时聊天用什么通讯工具？”明礼问。

“平时不怎么聊，如果有事的话，都是在微信上说话。”殷文秀用手背擦了擦脸上的泪，“李老师是怎么死的？”

“死因正在调查中。”明礼淡淡说了句，“你原来的手机在哪里？”

“我……我卖了。”殷文秀小声说，有些不好意思，“学校附近天桥上收废旧手机的，一个手机五十块。”

还挺节俭，符合资助生的人设。

明礼不喜欢窥探别人隐私，尤其是小姑娘家家的，万一手机里有个什么不想让外人见的自拍啥的，就有点儿辣眼睛。但殷文秀是嫌疑对象，说不定证据就在手机里，明礼眯缝着眼大概翻了翻她手机的相册文件和通讯录……

正常的女生，起码现在看起来，很正常。

“你对李思录的死有什么看法？”明礼问了句废话，用脚指头都能想出来她会怎么回答。

果然。

“李老师人很好，如果不是他……我早就辍学了，说不定也活不到现在……李老师是我的救命恩人，我还没有来得及报答他，他就……”

平心而论，殷文秀哭起来的样子很惹人怜爱，眼泪是大颗大颗滚下来的，一直滚到下巴砸在地上，都始终是圆滚滚的一团。

明礼第一次见有女生的眼泪是这样的，微微怔了怔，他想，如果是简意哭，不知道会是个什么样子。

明礼突然发觉，自从刚在校门口碰见简意后，他的大脑就有些不太够用，太容易走神了。

他清了清嗓子，打断殷文秀的哭声，说：“李思录公司年底打算做一个节目，邀请你参加，讲讲他从你小学六年级一直资助到现在的事情。”

明礼故意拿这个消息来激她。这个年龄段的女生爱美、有点儿虚荣心都属正常，能跟当红演员扯上关系甚至有私交是件可以炫耀的事情，但谁也不想以受资助者的身份来大肆宣扬这份私交。

明礼说完这句话，仔细盯着她，观察她对这个消息的第一反应。

正在哭泣的殷文秀猛然抬起头，满脸惊讶，眼睛里的愤怒一闪而过。她握紧拳头，顷刻松开，咬了下唇，说：“我有记账……李老师资助我的每一笔钱我都有记，我就等着毕业工作以后一起加倍还给李老师。”

很懂得控制情绪，在这方面，简意就不及殷文秀。

简意的每种情绪恨不得全挂脸上，可笑的是，她自以为隐藏得很好。情绪太多而脸太小不够用时，情绪就像摊煎饼一样，均匀着往身上四周扩散。

殷文秀掏钥匙开抽屉，从里面拿出一个软皮日记本，递给了明礼："每一笔，都在这里。"

明礼接过来翻开。

"2009 年 8 月 20 日：5000 元；2010 年 2 月 1 日：4000 元；2010 年 9 月 1 日：4000 元……"

李思录汇钱算是很有规律，除了 2009 年的 5000 元，2010 年至今，半年给一次钱，一次 4000 元。

明礼盯着最近两年的账目看了老半天，确认没错，今年一次，一次 4000 元。李思录还真是……他不知道物价一直在上涨？况且他现在的身家是当年的上千倍了吧。

每笔账的后面都有详细备注和花销，密密麻麻一整个日记本。

明礼拿着这个记账本，突然就明白了殷文秀刚才眼里一闪而过的愤怒，以及她让自己看这个账本的目的。

感恩李思录的心思当然有，但是更多的，是种不满和谴责——

你给我的每笔钱我都有记，不是不还你。理所当然，理直气壮。升米恩，斗米仇。

但是她对李思录的这个仇，也不至于会上升到杀了他吧？李思录不死好歹每年还给她八千块钱，死了她可就一分钱都拿不到。为了不想还钱而杀了他，这个动机站不住脚，李思录压根都没想过让她还钱。

明礼合上记账本，放在桌上，不冷不热地说："这个账本是最近新换的吧，以前的旧账本，当废品卖了？”

殷文秀有些尴尬：“以前的太零碎，我扔了，但是钱的数目都是对的。”

新换的手机，新换的记账本。你也不能不让人家换新的。

“十月十六日下午你在哪里？都做了些什么？”

“在食堂吃了饭以后，我直接去了图书馆，一直在图书馆待到下午六点。然后又去食堂吃了晚饭，饭后就一直在宿舍，洗衣服、看书、睡觉。”

殷文秀绞了会儿手指，像是突然想起什么，拉开抽屉从里面拿出一沓小票，小心翼翼地翻出两张递给明礼，再从钱包里掏出借书证：“这是我十月十六日中午和晚上在食堂吃饭的小票，还有这张借书证。我去图书馆时先还了一本书，然后再进去找了几本书看。我离开图书馆的时候还有一本书没有看完，就办了借书手续。借书证上借书和还书都有记录，你们可以查出来的。”

小票上显示：校区二食堂，十月十六日上午十二点三十二分，麻婆豆腐盖浇饭一份，价钱十二元。十月十六日下午十八点四十五分，玉米粥一碗，花卷一个。

有借书证编号和学号，去学校图书馆系统查一下即可。刻意得像是知道十六日这天要有事情发生，所以才保留这些“证据”。

“食堂吃饭还有小票？”明礼问。

“二食堂会出小票，有时我会去那里吃饭，从小养成的习惯，吃饭买东西凡是用得着钱的地方我都会记账，没有小票的话我也会手动记账的。”

明礼翻着她夹在一起的一沓小票，饭票超市购物小票……时间从一月份一直记录到现在十月份。

见明礼拧眉，殷文秀又连忙说：“晚上我一直在宿舍，宿舍里同学，都可以为我证明的。”

如此完美的不在场证明。

殷文秀只要一口咬死她最后一次和李思录联系是在九月二十八日，明礼现在就不能拿她怎么样，希望陆天枪那边能问出点儿有价值的东西。

“好，今天就到这里，谢谢你的配合。”明礼做出要走的姿态，随意问了句，“你男朋友哪个专业的？”

“我……没有男朋友。”殷文秀似乎不理解他为什么突然要问这个问题。

“前男友？”明礼大掌搭在门把上。

殷文秀咬唇：“我还没谈过恋爱。”

明礼拉开门，冲着她笑了下：“长这么漂亮，从小到大追你的男生一定很多吧。”

殷文秀的脸唰的一下红到底，垂眸小声说：“也还好。”

客厅里的陆天枪见 3 室门开：“老大，完事儿了？”

明礼没应声，手插裤兜往大厅门口晃。

“到饭点了，我请你们吃饭吧？”计薇薇问。

明礼已经开始下楼。陆天枪跟上明礼，回头喊了声：“下次，下次。”

第四章

陆天枪絮絮叨叨地说着从计薇薇那里打听到的八卦。

医学院实验室最近丢了一瓶剧毒化学品，学校正在查这个事情。明礼和陆天枪去他们宿舍说是询问案情，计薇薇还以为是实验室失窃案。学校保卫和各班辅导员这几天都在挨个和班里同学谈话，她们宿舍昨天刚被叫去谈话，所以今天对有刑警的到访也没有感到特别意外。

“这次失窃案搞得人心惶惶，计薇薇说，全校所有学生都不敢喝宿舍饮水机里的水了，都是买瓶装的矿泉水，要一口气喝完的那种，实在喝不完就瓶不离手，就怕一不留神被谁给投毒了……”

“殷文秀性格有点儿内向，不太爱说话，但是在班里人缘还行……追她的男生不少，不过好像还没有男朋友……计薇薇她们不知道殷文秀和李思录的关系，殷文秀平时聊天时也没有主动提起过李思录……”

“班里没人知道殷文秀是孤儿……她学习成绩不错，有奖学金，节假日在学校奶茶店帮忙赚个外快……”陆天枪噼里啪啦说了一堆，“老大，我觉得殷文秀不像是杀人的那种人，你问出什么来了吗？”

两人走出学校大门，吉普车就在停在门口。

明礼开锁，拉开驾驶门：“我觉得？”

“我错了，查案不能靠我觉得。”陆天枪跨到副驾驶位上，伸手摸出一瓶矿泉水，“妈呀，渴死我了。”

明礼搭着车门往校门口看了眼，然后弯腰从车座下拿出那本《洛丽塔》撂给陆天枪：“第一，提取一下这本书的中心思想。”

陆天枪立马警觉：“老大，你要干吗？”

“我去给你买可乐烤串皮皮虾。”明礼在置物箱里扒拉出一支笔和便签纸，默写了一行字，撕下来贴在陆天枪脑门上，“第二，查下这个手机的购买记录。第三，把殷文秀的照片交给技术组，让他们对十月十六日鸿卫酒店以及停车场所有进出口的监控进行人像比对。”

“第四，”明礼手搭着车门直起身，瞧着校门口，“盯着‘柯南他妹妹’。”

陆天枪立马会意：“老大，你故意放她进去的？”

“让她拓展一下破案的思路。”明礼摔上车门。

陆天枪一脸鄙夷，是你想拓展一下撩她的思路吧。

半个小时后，明礼拎着一兜吃的喝的过来。陆天枪一个人靠在车头上玩手机，应该是还没有等来简意。

平时明礼都是拎了东西坐车顶上吃，现在天刚擦黑，校门口进进出出不少学生，两个大男人坐在车顶上，总觉得有些傻气。

这辆吉普车买了两年，已被明礼折腾成废铁模样，车身都是泥巴，洗车全靠老天爷。里面也没爱惜到哪里去，有时出任务，吃饭、睡觉都在车里解决……

“趁热吃。”明礼拉开车门。

陆天枪闻着味儿爬进车里，手扒拉着塑料袋双眼冒绿光。

明礼拿了一罐冰镇可乐在他脑袋上砸了下：“你喝这个，待会儿我开车回去。”

“谢谢老大。”陆天枪已经两根烤串下肚，拉开易拉罐喝了一口，凉得他打了个哆嗦，“过瘾！”

羊肉串、小龙虾、皮皮虾，明礼摆了一排，戴上手套开吃，眼睛却瞧向校门口。

“简意还没出来。”陆天枪看了眼明礼，边吃边汇报工作，“老大，殷文秀的照片已经传给技术组，他们已经开始比对。那个手机序列号我查过了，李思录代言了一个手机品牌，宣传活动时厂家赠送给了李思录一个手机，上面的序列号就是这个。”

“什么时候送的？”明礼问。

“九月二十日。老大，李思录转手把这个手机送给殷文秀了？”

“九月二十八日给的，今晚还要去一趟小原火锅店，跟老板确认下二十八日李思录和殷文秀吃饭的情况。”明礼吃掉半盒皮皮虾，“说说那本书的中心思想。”

“我没看，我是直接在网上搜索的。”

“没指望你看。”

“搜索以后，我整个人都不好了。”陆天枪把空了的易拉罐捏扁，戴上手套开始剥小龙虾，“一句话概括，这本书写的是一个中年男人爱上未成年继女的故事。”

“老大，你说李思录不会是个变态吧？”陆天枪看了看明礼，犹豫地把心中的猜测说出来，“会不会是李思录支教的时候伤害了殷文秀？所以才一直资助她到现在，以此堵住她的嘴。”

“你见过一年只给八千的这种封口费？医学院的学费和住宿费一年也不止这个数吧。”明礼扯了几张纸巾擦嘴，“八千块钱……”

这应该也是殷文秀内心深处的呐喊。

“什么？李思录一年只给殷文秀八千块钱？”陆天枪感觉不可思议。

“来，我问你，你现在存款有八千吗？”

陆天枪想了想：“再过几天工资发下来，加上我卡上的，差不多就够了。”

“如果有人一年白给你八千，你要不要？嫌不嫌少？”

“不嫌少，要要要。老大，你要白给我钱的话，多少我都不嫌少。”

“一毛我都嫌多。”

陆天枪笑笑不说话了，他心里清楚，其实明礼光是请他吃饭喝可乐的钱一年怕都不止八千这个数。等把所有东西都扫荡完时，陆天枪猛然意识到一个问题：每次和明礼出去吃饭，好像掏钱的人都是他，不仅仅是吃饭，也不仅仅是陆天枪自己，队里其他人也一样。反正只要是用着钱的地方，都是明礼拿钱，像是约定俗成天经地义的一件事。

陆天枪突然就过意不去了，谁的钱都不是大风刮来的。明礼工资是比他们都高，但要真算一算，总感觉一年下来，他的花销要远远超过工资。

“老大，等发工资了我请你吃饭。”陆天枪有些不好意思。

“你把这些垃圾都清了，就算是孝敬我了。”明礼洗扑克牌一样翻着《洛丽塔》，新旧程度来看，要比《百年孤独》和《瓦尔登湖》陈旧些，像是曾被翻阅过，“2005 年 12 月第一版。”

陆天枪麻溜收拾着垃圾，随口说：“李思录把他和殷文秀的合影夹在这本书里总是有意义的吧？要不然为什么不收在相册里或者随便夹在其他书里？”

明礼合上书，腿伸到挡风玻璃上：“没准还就是他随手夹在这本书里的。”

“那也太凑巧了吧。”陆天枪拎着一塑料袋的垃圾下车，丢进路口的垃圾箱里，回来的时候往校门口望了望，依旧没看见简意的影子。他拉开副驾驶门时，发现自己老大背靠着椅背，正对着校门口，一脸沧桑。

“老大，”陆天枪坐上副驾驶位关门，“你要想谈恋爱就别穿这么糙。”

“糙你个头，我一条内裤两千八。”

陆天枪瞪眼表示不信。

明礼顺势就接：“要不要脱给你看？”

“简意！”陆天枪突然推开车门，恐怕简意看不见他，他还迅疾地开了车内顶灯，车内骤亮。

简意走过来，又停下。

“你快过来啊，我们等你好久了。”陆天枪扯着嗓子欢快地叫。

简意停在原地没动，别开了脸。

明礼眯着眼，收回蹬在挡风玻璃上的两条逆天长腿，再调整了下坐姿：“去把她铐过来。”

“啊？不用吧？真铐？”陆天枪一条腿踩在地上，扭头问。

明礼一脚踹在他屁股上：“你傻啊！”

“那就是不用真铐。”陆天枪蹦跶下车招呼简意。

简意虽然不情愿，但还是跟着陆天枪过来。

明礼睨她一眼：“上来，送你回家。”

简意不看他：“不用，我自己打车回。”

明礼闻言，在“八宝箱”里扒拉出一个计价器，往置物台上重重一搁：“我晚上出来也拉活。”

陆天枪心里想着老大真是不要脸，脸上带着笑拉开后车门，做了个请的姿势：“老大的车绝对比出租车稳，关键是还便宜。”

下午在校门口碰见时，就知道他不会这么轻易放过自己。简意抿唇上车，摘下书包放在腿上，陆天枪随即坐上副驾驶位关好门。

明礼启动引擎，瞄了眼内视镜：“你和殷文秀在拜把子？这时间都可以烧三炷香了吧。”

简意蹙眉，一脸的疑惑，抬眼去看他，两人目光在内视镜里轻轻一触，她慌忙瞥开。

明礼咬肌鼓了下。

陆天枪帮忙翻译：“老大意思是说，你去找殷文秀，怎么用了这么长时间？你们都聊什么了？有没有什么破案的线索？”

“没聊什么。”简意顿了下，指肚在书包带上摩挲着，“可以交换情报吗？”

明礼从鼻子里哼了声。

简意又说：“你们警方不允许公开的，我绝不会对外透露。我是个娱记，只负责八卦，不关心你们破案的进度和细节。”

“你先说说你是怎么找到殷文秀的。”明礼不紧不慢地道。

身为公众人物，和李思录有着千丝万缕关系的人多到不能再多，明礼如果不是碰巧翻到那张合影，至少今天是不会找到殷文秀这里来的，但是简意比他还来得早，这就是个问题了。

简意没有隐瞒："李思录车上的红豆。"

"红豆？"陆天枪扯着安全带，嘎吱扭了下脖子。

"李思录曾经去云州支教过，我有个大学同学是云州人，听他说过，云州盛产红豆。"简意说到这里的时候，嘴角上翘弯了下。

新闻系的一个男生，每一任女友生日他都会送家乡特产——红豆，人称"红豆哥"。

明礼捕捉到她的笑意，莫名感觉一阵心烦，他不耐烦道："接着说。"

"李思录支教回来后，资助了一个云州的学生，新闻有报道过，媒体和粉丝都知道这个事情。"简意省去了顾哲帮她找出殷文秀的信息，"这个学生就是殷文秀，就这样。"

明礼拧了下眉，云州原来盛产红豆。

"云州的红豆和其他地方的红豆有区别？"

"外观上看不出来。"简意看着他的侧脸，用肯定的语气说道，"你们不是根据这个线索来找的殷文秀。"

明礼承认："是啊，你又立了一功，十佳市民。"

简意抽了抽嘴角："所以，还交换信息吗？"

"有关李思录的所有新闻，只能结案后发。"本来可以用"知情不报""扰乱公务"等来责令她必须配合警方工作，但是明礼现在心情好，就是想和她兜圈磨嘴皮子。

简意思考，跟进这个案子纯属她个人行为，不是张斐然授意，如果真有大新闻，只要她是首发独家，晚点儿也没关系。

"但是你要保证我是独家首发。"

明礼勾了下唇。

"那就这么愉快地决定了。"陆天枪插话道，他总感觉老大的唇角勾了个惊天大阴谋。

“我先说为敬？”简意抱着书包笑道，“殷文秀眼里的李思录很抠门。”

“那可不，他挂着爱心大使的头衔，阵仗跟捐了个学校似的，谁知道他其实每年只资助殷文秀八千块钱。”陆天枪话赶话，明礼拦都拦不住，“八千块钱算个屁，我们老大的内裤还两千八一条呢。”

听起来，是挺贵。

就怕空气突然安静。

陆天枪纳闷：“你们怎么不说话了？”

明礼说道：“在听你说，你继续。”

“哦。”陆天枪挠头想了想，“我说完了，该简意说了。”

简意选择一次性说完。

顾哲从国外带回来的香水还有不少，简意就装了一些在书包里，打算混进殷文秀宿舍借着推销的名义打探些情况。她在306门口正好碰到2室的一个女生下课回来，这个女生对简意拿来的香水很感兴趣，试了很久，最终挑中了一瓶，但是怕买的是假货，就去宿舍找计薇薇帮忙鉴定。据该女生介绍，计薇薇是购物达人和海淘小能手，从没买到过假货，宿舍有人海淘都会找她帮忙。

女生把简意带到宿舍里，最后确定简意带来的香水全是正品后，计薇薇和殷文秀各买了一瓶。试香水的过程中，几个女生从香水聊到奢侈品牌，又到品牌明星代言人，再到娱乐八卦，最后有人提起了娱乐圈发生的大事——李思录的意外死亡。

简意时不时插几句话，引着她们往李思录的性格和人品上扯。

“李思录真是太可惜了，人帅、演技好，关键是对老婆好。”

“我看肖君微博都有轻生的念头，太可怜了。”

“李思录几乎是零绯闻，现如今这样的人在贵圈真是少见了。”

简意一边给殷文秀试香水，一边漫不经心插话说：“我有个表姐是半个圈内人，听她说李思录和肖君都是各玩各的。”

一石激起千层浪，女生们逮着简意可劲儿问。简意一副“我也不知道真假，我是听来的，你们不要信”的态度，她越是这样遮掩她们越是好奇，形势陡变，计薇薇已经开始哀号“再也不相信爱情了”。

殷文秀抬起手腕嗅了嗅香水，小声说：“记不清是在哪里看到的爆料帖，有网友说某李姓演员在山区拍戏时，嫌弃宾馆的自来水有味儿，非要助理去买矿泉水烧开再泡澡。助理购买的清单上是五百瓶，这个李姓演员闲着没事干亲自数了数，发现少了两瓶水，质问助理，助理才说回来的路上他口渴，就喝了两瓶，接着这个演员就暴跳如雷把助理骂了一顿，非让这个助理再去买两瓶回来。”

简意心想：我怎么没听过这个八卦？确定不是你瞎编造谣？

其他女生都惊呆了，还有这种操作？

“他这么龟毛，有强迫症吧？”

“一个演员，这么抠门！两瓶矿泉水才几个钱，估计别人给的还是批发价。”

殷文秀笑笑：“好像是说，他的原则是，我给你的，才是你的，我不给，你不能要。”

“这个李姓演员是李思录？”

殷文秀再笑笑：“我也不知道是不是，当时没细看这个帖子，后来再想去看的时候，帖子已经被删除了。”

明礼想起殷文秀新换的手机和新换的记账本，问：“她买的那瓶香水你收她多少钱？”

“三百。”简意说。

“还挺有钱，我以为她快要吃不上饭了。”明礼有些讶异。

“她刚开始是不想买，后来宿舍人都买了，加上计薇薇一直在怂恿，她就不好意思买了一瓶。”

“奸商。”陆天枪哼了声，“学生的钱你赚起来一点儿也不手软。”

香水卖给她们的价钱比顾哲入手时的价位要低不少，简意懒得跟他解释，只是把本来伸进书包里拿香水的手收了回来：“我觉得你要么对殷文秀有误解，要么是对我有误解，不过我刚刚也误解了你，算是扯平了。”

明礼开车的样子看起来很认真，起码没再往内视镜里瞧，也没再插话。

陆天枪：“不是，你误解我什么了？”

简意耸肩：“我以为你有女朋友，本来想给你一瓶香水，让你送女朋友的，上一秒刚知道你是单身。”

一听说简意本来以为他有女朋友，陆天枪立马来了劲：“你从哪里看出来我有女朋友的？上一秒刚知道我是单身，上一秒我怎么了？”

简意淡淡地说：“你的年龄告诉我，你该有女朋友了，但是你的语言和行为处处透露着……单身的气息。”她本来想用别的词来形容，但是觉得和他不熟，用那个词不太文雅。

“年龄怎么了？我们老大这样年龄的也还没有女朋友呢。”陆天枪嚷了句。

他没有女朋友？

简意去看他，夜色渐深，借着外面的霓虹看清个大概轮廓——头发短到几乎贴着头皮，侧脸棱角硬冷，但是勾勒出的弧度有种勾人的意味。身上无一处不在彰显着生命力，很蓬勃。

他眉角忽然扬了下：“后面那位朋友，差不多得了，没见过单身的？”

简意攥着书包的手指一紧，慌忙垂下眼帘。

明礼向左打了下方向盘，车身颠簸着拐进一个胡同里。胡同尽头是家火锅店，看起来生意很好，车位几乎爆满。

“砰”的一声，明礼硬是在垃圾箱旁开发出一个车位。

“什么声音？”陆天枪一惊一乍。

“我膀胱炸了。”明礼下车摔上门。

“老大可能想请你吃饭。”陆天枪赶在简意前面下车，三两步蹦跶到明礼跟前，“老大，你不会是来火锅店撒个尿就走吧？我可是跟简意说了，你要请她吃饭。”

“吃什么吃！”明礼抬手给了他一个爆栗，“认识字不？小原火锅店，来找老板确认李思录和殷文秀二十八日来吃饭的情况。”

陆天枪瞧了眼走过来的简意，小声说道：“我们查案带她干什么？没准今晚她就把这事儿捅出去了。”

“她敢！”明礼单手抄兜，朝简意眯了下眼，态度带着点儿玩味，“十佳市民，一报还一报。”

简意看了眼火锅店，心情一下跌到谷底，原来不是请吃饭。

“饿了？”明礼捕捉到她的情绪，自以为很体贴地问。

“不饿。”简意嘴唇抿成一条直线。

明礼睨她一眼，真是不知好歹。

小原火锅是家私房样式的火锅店，主打清汤火锅，上下两层楼，铺面不算小。老板四十来岁，九十年代那会儿演过几个电视剧，后来退圈做生意，一直和演艺圈里的人关系都不错，好多明星都来这家店里吃过饭。

据老板交代，九月二十八日李思录确实带了一个面生的女孩过来，两人行为举止客客气气，不像是有亲近关系的样子。在店里待了一个小时左右，正常吃饭，正常离开。出于对客人的隐私保护，这家店没有监控，再也没问出什么有价值的东西。

明礼靠在柜台上："李思录当时在哪个包间吃的饭？"

"二楼会心阁，今晚的客人刚走，服务员正在收拾。"老板面露疑惑，"包间都差不多，没什么特殊，你们要看的话，我可以带你们过去。"

"李思录当天的菜单你们有留底吗？"明礼又问。

"他基本每个月都会来一次，吃饭都那几样，没怎么变过。"老板说。

"照着他的菜单给二楼会心阁来一份。"明礼抬腿往楼上走，"我们吃饭。"

陆天枪："刚吃了烤串还不饿。"

明礼："我饿了。"

简意看着他挺拔的背影，第一次感觉到了人气，当然，不排除是火锅店里人气足的原因。其实，他人挺有意思。

吃饭的时候，没人再讨论案情。

"老大，你又把群里所有的红包都抢了！"陆天枪边涮火锅边刷手机，"不对啊，你一直在吃，没见你在刷手机啊。"

明礼捞着锅里的鱼丸，气定神闲："服不服？"

简意吸了一口土豆粉："我也可以。"

顾哲给她手机里装了一个神器，专门用来抢红包、抢各种票，无往不胜。

明礼抬眼看她，指肚点了下手机的屏幕："来一局？"

简意放下筷子，从书包里掏出手机开锁，手机信号满格。她想了想，用了手机移动网络以保证神器快准狠："微信群？"

"嗯，给我扫下码，我加你。"明礼说话有点儿懒散，"然后拉你进群。"

"咱们队里的群吗？"陆天枪惊掉下巴。

明礼："咱们仨的群，你发红包，我俩来抢。"

陆天枪总感觉哪里不对，当他看到明礼顺利加了简意微信后……苍天大地啊，终于知道哪里不对了——老大要到了简意的微信！

怪不得刚才突然在群里提议发红包！没想到老大居然这么有心机！

三个人互相加了微信，明礼建了个三人的微信群，然后看向陆天枪："发呀。"

陆天枪内心嘀咕：我并不想和你们玩。

明礼："先发十个，漏掉一个算我输。"

简意呵呵冷笑："输了你会怎样？"

明礼面不改色："给你叫爸爸。"

简意盯着手机屏幕，满脸乌云。

明礼又说："我赢了红包都给你。"

陆天枪心想：请不要用我的钱来撩妹，谢谢。

十秒后。

明礼：“十个红包总共一毛钱？”

陆天枪装天真无辜：“老大，真不能再少了，我已经尽力了。”

一毛钱？明礼想把桌上的鸳鸯锅掀起来扣在陆天枪头上。

简意眼睛瞪着手机屏幕，手指在屏幕上一通戳，神器挂了！

“你黑了我的神器！”

“来，叫爸爸。”

简意整个人都是蒙的：“你刚才说你输的话你给我叫爸爸。”

明礼眯起眼：“我没输，所以该你给我叫爸爸。”

简意被他绕了进去，忘了神器这回事：“欺负我没学过逆否定理？”

火锅里的袅袅白烟缭绕在两人之间，隔着一桌的距离，明礼眯眼看着她，有那么一瞬，觉得他若不伸手抓一抓，她就会像眼前的白雾一样被风一吹就消失个无影无踪。

“看来你还真没学过，举例我爱你。”明礼说，“我爱你的逆否命题，如果这个人不爱你，那么这个人不是我。”

缭绕的白雾像只怪兽的手，伸进她身体里，在她心尖尖上挠了一挠。力度刚刚好，很有生命力。

明礼嘴角噙着一抹笑看着她，不说话。

陆天枪大卅眼界，天啦！老大撩起妹来真是辣眼睛！

“我说两位爸爸，我给你们叫爸爸成不？咱们还吃饭不？”

“吃。”明礼用筷尖点了下碟子。

三人一顿饭，吃出三种滋味。饭后明礼开车先送陆天枪回单位宿舍，他再送简意，一直把车开到楼下，简意道谢下车。

明礼降下车窗，往外探出脑袋：“你过来。”声音低沉浑厚，带着点儿哑，很有不容抗拒的力量。

简意背着书包走过去。

明礼猛地抬手扣上她的后脑勺，摁她到车窗内，使她眼睛与自己平视。

“你……”简意又恼又羞。

明礼目光锐利：“结案以前，如果我在网上看到了殷文秀的名字，不管是谁捅出去的，我只找你。”

“我已经说了我不会……”

“嘘，不要说。”明礼蓦地松开她，他的大掌脱离她的后脑勺，大拇指和食指在她嘴角捏了下，“闭嘴，会吧？”

尾音上翘，指肚粗粝。

简意不知道该用什么表情来表达现在的心情。明礼把吉普车开成带翅膀的坦克，一副蹿上天的架势驶出小区大门。

简意躺在床上睡不着，明礼今天的种种行为都很怪异——和她交换情报，拉她一起去查案，还请她吃了顿火锅，加了微信后送她回家。别人做这些事她是不会多想，但是他……

“我负责得起你。”

“饿了？”

“我赢了红包都给你。我爱你的逆否命题是，如果这个人不爱你，那么这个人不是我。”

嘴角似乎还能感受到他指肚带来的磨砂感，回想起他捏她嘴角时看她的眼神……

简意越想越睡不着，她摸出手机打开微信，点进他的朋友圈。

一片空白。他把我屏蔽了？或者他的朋友圈不能对外公布？

简意退出来，点进陆天枪的朋友圈。他简直是刷屏狂魔，简意翻到手酸，偶尔见明礼点个赞或者留个言，留言内容简直不能看。看一眼，耳朵热三层。

简意再点进明礼的朋友圈，依旧是一片空白。她在床上躺了一会儿，头脑一热，手贱给陆天枪发了条微信："明队从没发过朋友圈，还是他把我屏蔽了？"

手一抖，发送。眼皮突突地跳，简意哆嗦着手赶紧撤回。万幸，撤回成功。半分钟后，手机进来一条微信："没有。"

来自明礼，确定没错就是明礼。

怎么回事？他不但黑了我的抢红包神器，还监控了我的手机？

又一条微信进来。

明礼发过来一张截图，截图上就是她刚刚问陆天枪的那句话。

简意攥着手机懊悔地在床上打了好几个滚，冷静下来想一想，没有回复。根本不知道回什么好吗！

明礼也没再发微信。太尴尬，聊不下去。

第二天周六，简意一觉睡到中午。

《本王偏头疼 II》电影首映晚宴在万豪酒店举行，云集名流巨星，声势浩大。湖城娱乐周刊作为其中一个承办方，受邀参加。

顾哲不知道怎么给张斐然说的，反正最后张斐然指了简意去，还借给了她一件尚未上市的晚礼服。晚礼服是件黑色拖地长裙，挂脖子，露肩露背。

简意站在镜子前挑内衣，镜子里的人身体雪白，两条腿纤长细直。虽然看起来瘦，但是摸起来都是肉。

试了好几套内衣，最终还是挑了较为保守稳妥的无痕内裤和胸贴。简意突然就想起来明礼曾不止一次说过她是小短腿。她对着镜子抬了下腿，哪里短了？

裙子套在身上，紧贴细腰，露出光洁细滑的背，就是裙摆有点儿长，她不得已踩了双八厘米的高跟鞋。长发用簪子随意绾起来，开始化妆。化妆的时候简意又想起明礼，想着如果他看见她这身打扮，八成会说是她腿太短所以撑不起裙子。

简意画好一边眼线，突然有点儿想笑，他又没真的见着自己，就算见着也未必会这样说。她心里像是窝了只小兽，蠢蠢欲动，隐隐期盼着他来看一眼。

简意被这个念头吓了一跳。

顾哲来接简意，看到她的那瞬间，表情一滞。

简意提着裙摆笑了下：“怎么样？有资格做你的女伴吧。”

顾哲坐在沙发扶手上，双腿懒散地交叠，语调尽量平缓：“我就是负责把你带过去，我的女伴不是你。”

“不是当你女伴？那你让张头儿派我去？公司好多人都想去，就这一个名额，张头儿给了我，我不知道遭了多少人恨。”简意不满。

“让你多见识一下世面，认识帅哥啊宝贝，这样你就不会随便见个男人就被哄骗走。”顾哲从口袋里掏出一个首饰盒撂给她，“你用脚趾头也能想到我最不缺的就是女伴，用得着你？”

简意撇撇嘴，打开首饰盒，里面是一对珍珠耳钉：“给我的？”

“从别处顺来的，你随便戴着玩吧。”顾哲抬手看了下表盘，“走吗？”

“等我戴上。”简意对镜戴耳钉。

顾哲看了眼她裸着的背，别开脸：“这就是张斐然给你借的礼服？什么品位……”

“LM的衣服出了名的难借，能借到这件就不错了，张头儿说LM的这件礼服湖城就这独一件。”简意戴好耳钉取了件风衣外套穿上，再取了手拿包，“走吧。”

“你要喜欢就买下来。”顾哲说，“我有的是钱。”

“不喜欢。”简意怕顾哲真买下来，又说，“这么贵不说，平时也穿不了。据我所知，那些大腕明星穿的礼服也都是借的。”

“照你这么说，这些衣服做出来是卖给谁的？”

“傻子。”

“嘿，合着给你买衣服的我是个傻子。”顾哲松着领口，幽幽地说，“就冲你这个思路，你找的男人绝对是个穷酸小子。”

万豪酒店三楼大厅灯光璀璨，众星云集。顾哲一进场就没了影，不知是为了躲张斐然还是猎女伴去了。

张斐然和简意寒暄了几句，小声说：“这是LM和电影主办方联办的晚宴，出席晚宴的那几个主演穿的正是LM今年秋冬新品，全都是限量款。置衣间在1608，我弄了一张房卡，晚宴结束时你混进去，看有没有什么料可爆的。”

“头儿，你说主演那么大的腕不都是有专门的化妆间吗？再说这种首映礼他们势必要走红毯，没道理晚宴结束后会去1608这么个小房间里换衣服，多跌份儿。”

“谁让你拍主演了？再给人家拍死，再弄出来个李思录。”张斐然不由分说地把房卡塞到简意手里，“晚宴上好多嫩模，她们集体在1608换衣服，男模特也会在那个房间。”

“男女同一个房间？主办方这么抠门？”简意惊讶。

“1608是豪华套间，里面好几个房间。这些模特穿的衣服牌子比较杂，不全是LM。”

“哦。”简意脱掉风衣挂在衣帽架上。

张斐然递给她一杯红酒，两人一路往晚宴大厅走：“简意，李思录的事情你有听到什么消息吗？”

“啊？没有。你不是不让我跟进这件事了吗？”简意抿了口红酒，压下心虚，“再跟下去就不是娱乐新闻了，没什么劲。”

“其实我想，如果李思录的死不是意外，这里面的问题就多了去了。”张斐然若有所思道。

“头儿，发死人财的事情我可不做，硌硬。”

“我看你是仗着有顾哲罩，就敢在我跟前造反。”张斐然话里听不出来厌烦，甚至还带着点儿娇嗔。

一向以女强人示人的张斐然提起顾哲，脸上露出小女人才有的娇羞，简意仿若从里面看出顾哲的坏。张斐然三十多岁的人，又是在娱乐圈里摸爬滚打过来的，男女感情这种东西，她看得比谁都清，不至于会折到顾哲手里。

简意张了几次嘴，不知道该怎么提醒张斐然，半杯酒下肚，她差点儿就直说——头儿，你千万别信顾哲那张嘴。他就是个蹚过女人河的男人，属性极坏的那种。

简意口里噙着红酒，思忖该怎么组织语言时，眼睛余光瞥见大厅一角有个挺扎眼的寸头。

压抑，紧迫。心跳加速后遗症。她深吸一口气定睛去看时，只看见一个挺拔的背影。

一分钟后，手拿包里的手机震动了下。

简意放下酒杯，从包里拿出手机。明礼发过来一条微信：“给我找套礼服，我在四楼A区的卫生间，等你十分钟。”

紧接着又一条微信发过来：“执行任务中，不要让第三个人知道。”

简意借口去卫生间，离开张斐然后直接乘电梯去了1608。这套房里这会儿没有人，她刷房卡进去。衣架上的礼服都是模特挑剩下弃穿了的，要么嫌弃颜色款式，要么尺码不合适，多多少少都有些瑕疵。

简意不管瑕疵不瑕疵，只找2XL往上的尺码。男装本就不多，统共一排衣架，一件件扒拉开，只有一件2XL的。这个码数差不多对应一米八五的身高，能穿的，只有它了。

简意取下礼服塞进袋子里拎着乘电梯到四楼，寻到A区卫生间时，她才突然意识到，自收到他微信后，她好像没有丝毫犹豫过。

他让她找礼服，她想都没想就去找了。

卫生间门猛被推开，明礼看见她，挑了下眉峰：“十佳市民，你迟了一分钟。”

简意站着没动。

“你想进来看着我脱衣服？”明礼胳膊一沉，攥住她的手腕往门内带。简意一个踉跄撞进他怀里。

有人过来上厕所，明礼揽着她腰，顺势把她带进卫生间，关上门的时候对外说了声：“办事，不方便。”

来人一身酒气，见状踢了踢门，骂骂咧咧地走开。

简意的脸埋在明礼胸口，鼻腔里尽是他身上的味道，很淡，冲击力却极强。不是衣服的气味，不是皂香，是他身体的味道。原来男人也有香味。

明礼反锁门，放开她的时候从她手里顺走袋子：“背过去。”

简意红着脸“啊”了声。

“这里就咱俩，没别人。”明礼看了下袋子里西服的尺码，“你看着我换衣服，我是不介意。”

简意抿唇背过身面朝门，想了想，说道：“你不要把衣服弄脏，借的，挺贵。”

明礼把衣服抖开：“我又不会尿上面。”

明礼脱掉夹克，穿上西服外套活动了下胳膊，大小还算合适。解皮带脱裤子的时候，他看了面前的简意一眼——裸露的背部，皮肤光洁嫩滑，一对小巧均匀的蝴蝶骨，有让人不顾一切上去摸一摸的冲动。长长的脊柱沟一直延伸到腰臀，感觉再往下就能看到若隐若现的腰窝。

她的背部不像外面那些女明星的背，瘦骨嶙峋到吓人的地步。她背上有肉，恰到好处。看起来瘦，摸起来肉，想来不过如此。

明礼想起那晚大排档桌下，眼神不觉飘起来。他闭眼定了下心神，提裤子系皮带，再把脱下来的夹克和裤子团成一团塞进袋子里。

“十佳市民，谢了，锦旗先欠着。”明礼去开卫生间门，顺手把袋子递到简意手里，“你先拿着，晚会儿找你换过来。”

“晚宴结束后，我会在晚宴模特的置衣间1608。”简意接过袋子，连看他西服是否合适也没看，一路拎着裙摆低头逃出卫生间。

简意把袋子放在1608房间门后，再乘电梯返回三楼晚宴大厅。到处都是人，就是没见着张斐然和顾哲。简意百无聊赖地转悠了一圈，大部分的人她都认识，但是没一个人认识她。

其间不乏面生的帅哥主动找她聊天喝酒，聊了几句得知她只是个小娱记后，大都很有礼貌地找了个借口溜了。倒有个一看就是整容脸的小帅哥，了解简意是个娱记后，没有嫌弃、鄙夷和惊吓，相反，言语间多了吹捧讨好之意。

简意听得出来，他是想要个曝光度。她头一回见真身下场找娱记求爆料的明星，也是不容易。她用手机给他拍了几张现场照，正在互加好友时，突然感觉头顶压过来一座山，瞬间都不敢呼吸了。

简意抬脸：“明……你怎么在这里？”

明礼单手插裤兜睨她：“不能来？”

小帅哥一米七八，比明礼矮了将近十厘米，他看明礼时不得不扬了下脸——面生，脸帅身材佳，荷尔蒙爆棚，应该是个新晋模特。

小帅哥迅速做出判断后，笑着向明礼伸手：“你好，黄宁。”

明礼伸手过去轻轻握了下：“李明。”

简意抬眼斜他。

两个男人就着晚宴这个话题尬聊了几句，小帅哥撑不住先行告辞。待他走远，明礼说：“这人也是心大，他不知道你拍谁，谁就死？”

简意抿唇没说话，默默把手机调到拍照模式，抬手对着他就是一通九连拍。

明礼半眯着眼笑得一脸痞气：“我命硬，就是让你拍，也照样是活到最后的那一个。”

简意收起手机：“不是说在执行任务吗？怎么会来这里？”

明礼啧了下：“我不来这里让你给我找礼服做什么？”

简意这才注意到他身上的西服——灰灰的，甚至还带着皱，一般人穿上这衣服给个碗就可以上街要饭去。但是他穿，懒散里透着野性，拖沓慵懒里流露着生命力。

无处不在的生命力。

简意顿时觉得，给他个麻袋，他也能穿出生命力来。

明礼大大方方站着，不说话，任她看。

简意错开眼：“衣服脏了或者破了你是要赔的。”

“赔。”明礼看着她，舌尖滚出一个字。

“你来这里是为了李思录的案子？”简意眼睛看向四周寻找可疑目标。

“不是。”明礼很干脆地说。

“那是‘327’事件？”简意又问。

明礼目光投向人群：“无可奉告。”

“那就是了。”

明礼“呵”了声，视线落在简意脸上：“你这个逻辑很感人。”

简意撇了下嘴。

“就照你这个逻辑，”明礼满眼不怀好意的笑，“你来问我一个问题。”

“什么问题？”

“你问我，想不想和你谈恋爱。”

简意碰上他眸光的刹那，瞬间别开脸。

明礼双手抄裤兜，俯视着她：“不敢问？”

简意垂眸深吸一口气：“你是什么意思？在追我？”

明礼眼角夹笑，弓腰俯身，在她耳朵尖处吐出一口气：“无可奉告。”

“走了。”明礼再瞄了她一眼，“1608 见。”

第五章

晚宴即将结束时，简意想着避开大部队高峰期，提前坐电梯到十六层。虽已是凌晨，宽敞明亮的走廊里时不时有几个人在走动，所以并不感到清冷。

简意踩着高跟鞋不疾不徐走着，就要到 1608 房间门口时，突然被一股力量拦腰抱起。

“是我，不要说话。”明礼抱她起来往走廊深处走，压低嗓音沉声说，“帮个忙。”

简意的惊呼卡在嗓子眼。下一瞬，他抬腿踹开了 1617 的房门。说是踹，其实压根没用多大力，因为这个房门原本就是虚掩着的。

他身上有很重的酒味，开口说话，嘴里没有酒气。此时此刻被他拥在怀里，简意第一个反应居然是他弄脏了礼服。

“你把酒洒衣服上了？”发现房间里并没有人，简意用鞋跟顶了下他的膝盖，整个人从他怀里往下滑了滑，脚终于踩在地毯上。

明礼低低笑了声，把半截烟摁灭弹在垃圾桶里：“我会赔。”

他脊背贴门站着，双手摁住她的肩一扳，使她面朝着自己，眼眸锐利："别回头，窗外有人。"

简意屏气，眼珠一动不动。

"不用紧张，人在对面一幢楼里。"明礼笑了下，稍稍往前倾身，凝视她，"做我十分钟的女朋友。"

简意睫毛颤了下，没有应声。

没有出声反对，明礼当她同意，抬手绕到她脑后抽出簪子，绸缎般的长发散开，铺在如玉的酥背上。

明礼把簪子塞进外套口袋里，然后揽住她腰，半抱着她往窗前走："你脑袋别来回晃，不要乱看。"

"我应该看哪里？"

"看我。"明礼把她抵在落地窗上，沉声道。

简意收腹提气，脸憋成猪肝红，尴尬到无以复加。

明礼嘴角噙笑，抬腿，低头，双眸深邃看进她眼底："怎么，怕了？"

"没有。"简意甚至缓了口气，就算他下一秒就枪战，她也觉得安全。不知道从何时起，看见他，她就有种安全感。

"胆儿还挺肥。"明礼挨她挺近，近到能感觉到彼此的呼吸，"不让他们看到脸，就没人能认出你。"

"执行任务时还有谈恋爱这个程序？"简意搞不懂他为什么找她来假扮女朋友，还故意给人看这一出。

明礼笑了声："我和他们的原话你肯定不乐意听，反正你就待在这儿和我聊两毛钱的天就行。"

"今晚执行任务的就你一个人？"

"其他人正在收网。"

"是'327'那伙人？"

“无可奉告。”

两人陷入沉默。柔和的光晕罩在简意身上，衬得她皮肤更加的白皙。鼻尖上有层细汗，水润莹莹。几乎没有思考，明礼抬手在她鼻尖摸了把。指肚粗糙，像是在她心尖尖上剐蹭了下，简意抖了下睫毛。

“以你偷拍的经验，远距离借位接吻能不能被看出来？”明礼凝视着她，突然问。

“如果设备够好，当然能看出……”

明礼蓦地堵上她的唇，胡楂扎了她一嘴。唇瓣相贴，没有再近一步的动作。简意屏息，抿了下唇。

“女朋友，总要像一些。”明礼哑着声音，他说话时并没有离开她的唇瓣，每个音节顺着缝隙钻进她嘴巴里，痒痒的，暖暖的。

简意瞳孔撑到最大，胸口急剧起伏。他闭着眼睛，贴在她嘴唇上的样子很认真。

明礼感受着她唇瓣的柔软，莫名想起她曾经断掉的第七根肋骨。他这样想着，手像上了弦，准确无误地覆在她右侧第七根肋骨处。手掌上的老茧硬且糙，刚触上她细嫩柔滑的皮肤就火烧火燎起来。他弓起手背，捏了捏她的肋骨。

简意脊背绷紧，一股电流顺着肋骨瞬间扩散全身，她闷哼了声。闷哼钻进明礼耳朵里，酥得他脊梁骨一软，猛地抱她起来压在落地窗上。须臾，他拉上窗帘。两人唇瓣离开，明礼睁开眼。

简意的一张小脸简直像熟透的番茄，她垂下眼睑，声如蚊蚋：“你放我下来。”

明礼这才意识到他抱她的这个姿势相当不文雅——左手环在她腰际，右手穿过她的左腿伸在不尴不尬的位置。她整个人是坐在他左胳膊上被忽然抬起的。

明礼就着这个姿势抱着她远离落地窗，然后才放她下来，语调尽量轻松：“辛苦了，女朋友。”

简意调整好呼吸：“我可以走了吗？”

明礼瞧她一眼，脱下外套上前一步，胳膊一抬把外套披在她身上：“多穿着点儿。”

“衣服……你什么时候换衣服？”

“不换了。”明礼开门，半眯着眼倚在墙上看她，“说好的脏了我来赔，这点儿觉悟我还是有的。我还有事情要处理，脱下来的衣服先放你那儿，腾出时间再找你要。”

简意低头往门外走，错身而过时，明礼低声说了句：“如果你愿意，女朋友的期限可以无限期延长，不止刚刚的十分钟。”

简意心如擂鼓，落荒而逃。

一夜无眠，天蒙蒙亮时，简意琢磨出不对来——就算不得已要找个女人假装他女朋友，那也没必要真亲真摸吧？臭流氓！

第二天周日，顾哲微信联系她：“听说你昨晚艳福不浅。”

“啊？”

“寸头男模。”

简意垂死病中惊坐起。

顾哲再一条微信进来：“你俩后来没怎么着吧？”

“没。”

“你要喜欢，我帮你查查他的底细，不收你钱。”

“我不喜欢！”

“了解。”

两个小时后，顾哲砸门，进屋第一句话就是："昨晚那男的不行。"

简意先是一愣，然后硬着头皮问："怎么了？"

"你不会真喜欢上他了吧？"顾哲一屁股陷在沙发里。

"没……没啊。"简意抓起青枣啃了一口。

"我查过了，那孙子已经结婚了，隐婚。"顾哲抓了一颗枣砸简意头上，"昨晚他没占你便宜吧。"

"结婚？谁结婚了？"

明礼隐婚？他不是说他单身吗？简意的心一下凉了，感觉嘴里含了个温度计，心底冒出来的寒气都能把温度计冻碎。

"就昨晚的李明，空长了个花架子，屁用没有。我已经替你揍过他了，不谢。"顾哲往空中扔了一颗青枣，扬脖张嘴接住。

"什么李明？"简意一脸疑惑。

"寸头男模啊。"顾哲嚼着青枣，准确无误地把枣核吐进茶几旁的垃圾桶里。

还真有一个寸头男模叫李明？世界太玄幻。

简意偷偷松了口气，默默替那位李明默哀："我和他什么都没有，就说几句话，你揍人家不太合适吧。"

"他一个结了婚的人瞎在外勾搭什么？"

"不结婚就可以瞎勾搭？"简意翻了他一个白眼，"我正要跟你说，你不要祸害张头儿，她一个人不容易。"

"谁？张斐然？我祸害她？"顾哲扶额，"她不来祸害我，我就是烧高香了。昨晚要不是为了躲她，我也不至于会让你一个人落单碰上渣男。"

"这天下有祸害得了你的女人？那我可要好好拜拜她。"

“有啊。”顾哲懒散地靠在沙发上，说话漫不经心。

“谁？”简意好奇。

“说出来就没意思了。”顾哲一副参透人生的姿态。

简意在脑子里快速过了一遍他新认识的那些女人，然后断定：“那就是没有。”

“随你怎么说。”顾哲吐掉嘴里的枣核，秒变画风，优哉游哉地唱了起来，“就不告诉你呀，就不告诉你。嘿，就不告诉你。”

顾哲走了以后，简意准备去归还晚礼服，从衣架上取下来准备装袋子里时，她发现礼服裙摆上有个小小的破洞，一看就是烟头烧出来的。简直晴天霹雳。

这件礼服是LM今年的秋冬新款，还没有上市，价钱待估。傻子也知道，能参与待估的衣服价钱都不是一般人能承受得起的。被烟头烧了个洞的礼服不可能退回去，最好的结果就是LM卖张斐然个面子，把礼服卖给她。这件礼服虽然不是什么顶级高定，但是保守预估也要抵她小两年的工资。

昨晚好好的，怎么会被烟头烧出个洞？简意仔细回忆，她昨晚唯一接触到吸烟的人，有且只有一个——明礼。

简意对着裙摆上的洞拍了张照片，微信发给明礼：“昨晚的礼服是借的，被你的烟头烧了个洞，退不了。”

明礼一直没回。这是装没看见？他的微信号就是手机号，简意记下来直接拨号过去，冰冷的女音：“您拨打的电话已关机，请稍后再拨。”

可能还在执行任务。简意挂掉电话，想了想又发了一条微信：“LM今年的新款，还未上市，价钱待估，保守估计接近六位数，请做好心理准备。”

简意放下手机去翻袋子里他换下的衣服，手指捏着夹克衣领看了看牌子，她绝望了。没听过的杂牌，两百块一件，不能再多。照这个情况，单靠他个人，把那辆破吉普车卖了也不够赔钱。执行任务中损坏的东西，算工伤？还是什么词来着，总之就是，可以报销吗？

不知道是什么心理在作祟，简意觉得他不会不赔。她甚至想，如果不能报销，他个人承担不起，她可以和他五五分。

可是，晚上十一点半，明礼回了她条微信：“想讹钱？”

他的人设在简意心中瞬间崩塌。

简意几乎是抖着手在敲字：“昨晚我接触到的所有人中，就你一个人抽烟。这个破洞明显是被烟头烧出来的，如果你不信，可以找你们局里鉴定科的人鉴定。至于价钱，你可以找 LM 确认。”

“你明天来局里一趟，带上衣服。”

“好。”

“我是说我的衣服。”

“哦。”

聊天结束，简意脑袋里冒出好多问号，这是追女朋友的节奏？鬼才信了！被套路不可怕，自作多情最尴尬。他就是臭流氓！

第二天一大早，简意从床上爬起来，简单洗漱后，她下楼买了一碗粥、一根油条、两个鸡蛋回来，全部吃完了才拎着袋子出门去市局。一根油条两个鸡蛋，这次吵架我要得一百分。

手里两个袋子，一个袋子里是衣服，另一个袋子里还是衣服。“我家门前有两棵树，一棵是枣树，另一棵还是枣树。”有鲁迅先生撑腰，简意底气十足。

打车去市局的半道上，张斐然来了两个电话，简意调了静音没接，八成是问她礼服的事情，她打算先找明礼讨要说法，达成协议后再给张斐然交代。

简意被市局门卫拦在了外面，她报上明礼大名后，门卫拨通刑警队办公室电话。

办公室内，一个警员接起电话，探出头喊：“明队，门卫小刘打来的，说是有人找你。”

明礼走过来，坐在桌上接过电话：“你问问那人姓什么？”

“好，明队你稍等。”门卫应了声。

顷刻，明礼隐隐约约听到话筒那头门卫和简意的对话，他唇角不觉勾起。

“明队，刚确认了她的身份证，她姓简。”

“简意是吧？”明礼晃荡了一下腿，“她是我女朋友。”

门卫握着话筒看向岗亭外站着的简意，眼睛瞪大。

“我让她给我送件衣服过来。”

“好，我这就让她进去。”

门卫放下电话，再看简意的眼神立马就变了。

明队的女朋友！不知道是哪家的千金，可千万不能得罪了。

“简小姐，明队让你进去。”门卫满脸堆笑，“刚对不住了，都是为了工作，希望你能理解。”

“谢谢。”简意微笑点了下头，拎着袋子走进大门。

明礼从办公大楼里迎出来：“你成天在外面晃不用上班？”

不是你让我来给你送衣服？简意保持镇定：“我的工作就是在外面晃。”

"哦？你今天蹲谁？要不要我先备个案？"明礼睨着她问。

"蹲你。"简意平静地顶了回去。

明礼抬手撸了下寸头脑袋。

简意举起左手的袋子："西服外套上面的酒渍我已经帮你处理过了，你脱下来的衣服我没有动。"

明礼接过袋子瞧了眼，挑眉梢："想给我洗衣服？以后有的是机会。"

简意冷脸打开右手里的袋子，捞出来礼服裙摆一角展示给他看："就是这个洞，明显就是被烟头烧出来的。"

明礼啧了下："就这个小破洞，值十多万块钱？"

"不是这个小破洞值钱，是这件礼服的估价大概这个数。"简意抠字眼纠正他，再解释道，"这件礼服是公司借的，破损要个人赔。"

"所以，你就赖上我了？"

"什么叫我赖上你？明明是你——"

明礼蓦地俯身，眼睛与她平视，嘴角噙着点儿捉摸不透的笑："我乐意让你赖。"

简意深吸一口气，往后退了一步，声音变小："我没有赖。"

明礼就着这个姿势追着她往前跨了半步，眼睛依旧直直地盯着她："你可以赖，女朋友。"

简意的心脏突的一下跳到天灵盖，又被面前这座山强压回来："你不要胡说，我不是你女朋友。"

"曾经是。"明礼直起身，"前女友。"

明礼的声音抑扬顿挫，拖着长调，懒懒散散。简意的脸烫到要化掉。

“老大，听说你女朋友来了。”陆天枪咋呼着从楼里奔跑过来，“咦，这不是简意吗？”

陆天枪助起攻来向来是东一榔头西一棒槌，根本摸不准规律。

明礼捞过简意手里的袋子，随手挂在陆天枪脖子上：“讹钱利器，拿好喽。”

“拿条裙子做什么？”陆天枪手伸进袋子里抓了一把。

“讹钱。”明礼在他脑袋上呼了一巴掌，再对简意痞笑，“今天放你假，不用再蹲我了，前女友。”

陆天枪看了看简意，小跑着跟上明礼：“老大，前女友是什么梗？她什么时候成你前女友了？”

“刚刚。”

“你是说我刚刚错过了分手现场？你俩啥时候谈的恋爱？”

“前天晚上。”

“前天晚上？前天晚上队里不是在逮罪犯吗？”陆天枪疑惑。

“服不服？我还能抽空谈个恋爱。”

“老大，你们真谈了？谈到哪种程度？”陆天枪八卦附体，“还有这衣服是怎么回事？”

“我谈个恋爱，你哪那么多屁话？”明礼在他屁股上踹了一脚。

谈到哪种程度？抱了，亲了，摸了。

一天过去，张斐然没有提礼服的事情，只是给简意布置了新任务，让她和搭档韩冲一起采访一个艺人。这个艺人出身某选秀节目，一路走过来混到现在小有名气的地步不容易。他本人比较朴实，不会端架子，采访时配合互动极好。

采访异常顺利，简意提早收工回家。她边啃着苹果边窝在沙发上刷手机，刚点开朋友圈，就看到陆天枪最新的一条状态：老大真霸气，实属“讹钱界”的一股清流。

配图是一张模糊的照片，但是简意一眼认出来，就是她那件礼服。

讹钱？他用这件礼服讹谁钱了？简意想了想给陆天枪微信：“你们拿那条裙子干什么去了？”

“退了。下班后我和老大去了LM总部，这不刚从总部出来。”

“退回去了？赔了多少钱？”

“赔什么钱，他们老总差点儿要倒送钱。”

“怎么回事？”

“老大拎着那条裙子进了总裁办公室只待了不到十分钟，出来时LM的总裁一路送我们到电梯口，亲自摁的电梯，还说他们公司的衣服随便我们挑，跟被老大下了蛊一样，要多谄媚有多谄媚。”

“办公室里发生了什么？”

“不知道，老大一人进的办公室，我在外面等着，他可没假公济私啊，连身份都没亮明。老大现在就在我旁边，他让你自己问他。”

明礼现在和陆天枪一起，也就是说，她和陆天枪的聊天全被他看见了。虽然没说什么不可透露的内容，但是被窥屏的感觉一点儿都不好受。

简意点开明礼的微信对话框：“你怎么跟LM总裁说的？真没让你赔钱？”

明礼秒回：“无可奉告。”

一群羊驼从她头上呼啸而过，简意推理了大半天，得出唯一一种可能——明礼以前救过LM总裁的命。

“327”团伙落网，队里最近没有什么大案子，好多人趁着这个难得清闲的时候补以前的休假。陆天枪本来想休假回老家一趟，不巧的是他父母刚在上周订了去欧洲旅游的团。

“老大，知道你不休假，我强忍思乡之痛留下来陪你，够意思吧。”陆天枪吃着外卖比萨。

“难道不是因为你来不及办签证吗？”明礼嘴里叼着牙签，腿架在桌上懒洋洋地说。

陆天枪笑了笑：“老大，你今年的假加起来得有小一个月吧，你再不销假积到年底可就作废了。”

“销什么假？李思录的案子压在这都快落灰了。”明礼抄起抽屉里的《洛丽塔》拧眉翻了两页，实在看不下去，他又扔在抽屉里。

“这不才两天，落灰至于嘛。老大不是我说你，你要求太高。”陆天枪又塞进嘴里一块比萨，“我们周五去的湖城医学院找殷文秀问话，周末两天连轴转，冒着生命危险去逮‘327’那伙人，周一照常上班写了一天的报告总结，今天才周二。再说了，队里大家可都觉得李思录的死就是个意外事故，压根不是他杀。”

“那你解释一下他车里的红豆。”

“粉丝送的吧，然后就像大家说的那样，他喝了点儿酒，做了不可描述之事。办完事之后对方溜走，李思录太累就在车里睡了过去。”

“这个女人会是殷文秀吗？”

“不能够吧，我看着不像，殷文秀她明显还是个……”陆天枪咽下比萨，瞄了瞄明礼，换了个说法，“她看着没有那么奔放。”

明礼在电脑里输入“红豆”两个字，最上面一溜出现的全是《红豆》这首歌。他点开播放了一遍，听得牙酸。

“技术组那边有什么进展？”

“没有，监控里没发现可疑人员，也没有发现殷文秀在监控里出现过。”陆天枪想了想说，“而且李思录车里的指纹太多，没有提取的价值。”

“肖君有来过局里了解案子进展情况吗？”明礼问。

“没有吧。没听说过，不过他的经纪人倒是打电话问过一次。”

“她不来是因为局里没给她出场费。”明礼从桌上收回腿，“走，去会一会这个因为亡夫痛心到无法呼吸的大明星。”

“现在去见肖君吗？”陆天枪收拾着外卖餐具，“小金人做好了？”

“我当评委，她拿不了小金人。”

在路上陆天枪提前联系了经纪人马文青，据她说，肖君怕外界打扰，推了最近所有的工作，现在家里休息疗伤。

湖畔别苑，湖城精英名流聚集地，房子均价十万一平方米，设施环境自然不凡。

陆天枪如同刘姥姥进大观园，门铃都找不到在哪里按：“不对啊老大，你怎么轻车熟路像回自己家一样？你以前来过这里？”

“上天入地我哪儿没去过？”明礼一手抄裤兜地说。

“老大，有个困扰我两年的千古疑惑，你说你这么厉害，怎么会没有女朋友？”陆天枪问。

“我有前女友。”

“简意？”

明礼点头。

陆天枪翻白眼："你就诓我，我在微信上问过了。她跟我说，周六晚上你执行任务时正好碰见她，找她假扮了你十分钟的女朋友。"

明礼："所以才是前女友。"

陆天枪惊讶："你真看上她了？"

明礼半眯着眼没说话，一直等到肖君家的保姆开门把他们请到家里，他才说了句陆天枪没听明白的话："都是这案子闹的。"

在肖君和他们打过招呼眼圈开始泛红时，陆天枪也没琢磨出来明礼到底看上简意了没有。

肖君穿了件时下流行的睡衣裙，外面罩了件披肩，全身上下除了性感还是性感，就连凉拖里露出的脚指头上都写满了性感。

陆天枪只看了一眼，脖子就是一阵红。

明礼神色如常，从兜里掏出殷文秀的照片在她面前晃了一下，再放在桌上往她跟前推了推："认识照片上的人吗？"

肖君倾身拿照片，红着眼睛盯着照片看了半天，不太确定地开口："好像在哪里见过。"

明礼："你好好想想在哪里见过。"

肖君捏着照片摇头："有点儿印象，但是想不起来。"

明礼提醒她："李思录曾资助过一个学生，你知道这个事情吗？"

"我知道。"肖君看着照片恍然，"我想起来了，殷文秀，是叫这个名字吧？怪不得这么面熟。思录跟我提起过，殷文秀去年考到了湖城医学院，他当时还挺高兴。"

"高兴？"

"嗯，思录说她一个孤儿无依无靠，凭着自己的努力考到了医学院很不容易。哦，当时学费是思录给的。”

“你知道李思录每年资助殷文秀多少钱吗？”

“这个我不太清楚，从恋爱到结婚，我们的财务一直都是分开打理的。他不过问我的钱款去向，我不干涉他各项花销。”肖君叹了口气道。

“挺时尚。”明礼喝了口茶，“李思录的外遇对象你知道是谁吗？”

问题转换得太过突兀，肖君怔愣了一下，情绪起伏倒也不大：“不知道，我也不关心这个，只要他在外面维持夫妻和睦恩爱的表象就行。”

陆天枪被她的坦诚惊呆了，怎么台词跟上次不一样？上次他来做笔录时，肖君还哭天抢地差点儿昏厥呢。

肖君既然这么坦诚，明礼也不和她兜圈子：“李思录死前发生过性行为，他的死极有可能和这个人有关系，但是目前警方尚未找到可疑人员。如果你知道，就算不确定是谁，也请你把名单提供给我们，以便查明真相早日结案。”

肖君瞪大眼睛一脸吃惊，她张着嘴半天没有合上：“他死前……”

明礼点了下头。

肖君皱眉像是在思索着什么，过了一会儿，她缓缓摇头：“抱歉，我真的不知道。”

“会是殷文秀吗？”明礼直接问。

“不是，不可能！”肖君无比肯定，不假思索，脱口而出。

明礼盯着她：“为什么？”

肖君仿佛这会儿才意识到刚才的失态，她把殷文秀的照片放下，端起茶杯小抿了一口，恢复到优雅姿态：“女人的直觉。”

明礼显然不信。

肖君笑得媚眼如丝：“男人再想着尝鲜，也不会找比自己老婆差的吧。”

陆天枪小声嘀咕：“那可没准，再说殷文秀也不差啊。”

肖君没理会陆天枪，而是看向明礼：“明队，你说呢？”

明礼正在低头看手机，被她点名，他把手机锁屏：“那要看老婆是谁。”

“我这样的呢？”肖君语调婉转。

陆天枪听出了一身鸡皮疙瘩。

“烧高香把你供起来。”明礼端起茶几上的茶杯，一口喝掉剩下的半杯茶，站起来告辞，“谢谢你的茶，今天先这样，以后你想起什么再和我们联系。”

“第二泡更好喝，不再多坐会儿？”肖君慵懒地靠在沙发上，脸上看不出一丝挽留之意。

明礼转着掌心里的手机往门口走：“糙人，喝不惯细茶。”

陆天枪学着明礼的样子端起茶杯来了个一口闷，再对肖君讪笑了下，跑出大门跟上明礼，刚好听到他对着手机说了句话：“你待家里哪儿也别去，我二十分钟后到。”

“老大，谁啊？”

“前女友。”

“简意？她出事了？”

“是啊，天大的事。”明礼拉开吉普车驾驶门，抬腿跨进去。

陆天枪闻言快速跟上，跳进副驾驶位，恨不得再在油门上踩上一脚，催促道：“快点，快点啊老大，你不是有赛车驾照吗？

飙起来啊。”

明礼刚启动引擎，陆天枪已经探出半个身子抬手把警灯摁在了车顶上。警笛乍响。

明礼空出一只手呼在他脑袋上，骂他：“把那疙瘩拿下来。”

“你不是说简意出了天大的事吗？”陆天枪一脸不解。

“她想我了。”明礼从鼻子里哼了声，“算不算是天大的事？”

陆天枪幽幽地把警灯收回来：“老大，不带这么玩的。”

吉普车驶出小区，小区门口的保安朝他们行了个礼。

“能住进这样的小区人生就圆满了。”陆天枪感慨。

“出息。”明礼哼了声，“照你这个思想，我的人生早就圆满了。”

“单身也配说圆满？”陆天枪回呛了句，又说，“老大，你越来越不敬业了，简意一声招呼，你撂下案子就奔着她跑，掉份儿哈。”

“留在这里也没什么意义，该问的也问过了。”明礼拧眉，语气也正经起来，“肖君刻意要隐瞒的会是什么？”

“没觉得她要刻意隐瞒什么啊，她这次很坦诚，几乎是有问必答。”陆天枪说。

“肖君连见都没见过殷文秀，怎么就那么肯定和李思录发生关系的人不是她？”明礼手指敲着方向盘，“因为她知道另有其人，但是出于某种原因，她不能把这个人说出来。不能说出来的这个原因，就是她要隐瞒的真相。”

陆天枪恍然点头：“这么说，可以确定李思录的死和殷文秀没有关系？”

“恰恰相反，一定脱不了关系，今天还要去一趟医学院。”明礼沉吟道。

“为什么？不是说和李思录车震的另有其人吗？”

“因为她撒了谎，十月十六日那天下午她曾在鸿卫酒店附近出现过。”

“那天下午她不是一直在学校图书馆吗？有还书和借书证明。”陆天枪纳闷，“难道是技术组的监控比对出来结果了？”

明礼解释：“简意刚发来微信，十月十六日下午她蹲点李思录时随手拍了一些街景，在其中一张照片里，看见了殷文秀的身影。”

陆天枪想了好一会儿，这段时间老是叫她“狗仔柯南”“柯南他妹”，还有这两天的“前女友”，明礼突然直呼其名，他还真反应不过来。

好像这是头一回听老大叫她的名字。还挺甜的。

“你是说‘柯南他妹’随手那么一拍，就拍到了殷文秀？哎哟喂，她这是什么体质？挨上她的人，还真是倒霉。”陆天枪阴测测地对明礼笑，“老大，你可要小心了。”

明礼一脚油门踩到底，中气十足：“我专治她这种体质。”

某演员今天来湖城参加一个商家活动，公司派简意和韩冲去跟拍，顺便抢个采访机会。韩冲的女朋友是该演员的狂热粉丝，她曾听韩冲说过简意的“丰功伟绩”，这次为了自己“爱豆”的生命着想，她在韩冲跟前哭啼啼了半天。韩冲无奈去求简意，简意就把工作证和DV给了他，让他女友冒充她去采访跟拍。于是，简意闲在家里无聊，整理电脑上的文件。

简意出去蹲点偷拍，时常一蹲就是半天，待着无聊就会随手拍些街景，录制个小短片，闲着没事时再来个统一整理，该删的删，该修的修。

她有这个习惯也是受顾哲的影响。顾哲的爱好居多，摄影是其中一个。大学时他曾获得过数次摄影奖，其中最出名的一组照片就是他在大街上随手拍的人生百态。近朱者赤，久而久之，简意在街上乱逛时也会随手拍一些东西。虽然拍照技术惨不忍睹，但不可否认这是个消磨时间的好办法，尤其是在蹲点明星时。

名称为“李思录”的这个文件夹里除了李思录个人的照片，还有上千张街景路人，简意一张张点开浏览，觉得有意思的就分组留下，糊成一团的照片就直接删掉。翻了有几百张后，她在一张街景照片里看到一个疑似殷文秀的路人，日期显示十月十六日。

简意思前想后，给明礼发微信说了这件事，并把这张照片发给了他，没想到他二话不说就发了条语音过来：“你待家里哪儿也别去，我二十分钟后到。”

照片不是已经发给他了？他还来干什么？

简意在微信上千般拒绝万般推辞，等了五分钟，不知道是不是没看到她的微信，明礼什么也没回，给他打电话，无法接通。

简意看着镜子里的自己，穿着睡衣，顶着大油头，实在是没法见人。十五分钟，勉强可以来得及洗个头换身衣服。她连忙跑去浴室洗头，热水器这段时间一直不太好用，热水和冷水出水不均，调试水温基本靠人品。今天的人品好像不太行，一直爆发不起来，简意往左再往右再往左。“咔啪”一声，调节阀被掰下来了，淋浴头流下的冷水浇了她一身。

简意连忙跳开去关水阀门，今天的她像是菠菜吃撑了的大力水手，手腕轻轻那么一掰，水阀门上的手柄嘎嘣豆一样，断得很干脆。她拿着手柄原地愣了会儿，转身回客厅翻出扳手过来继续关阀门，捣鼓了两分钟，阀门非但没关上，上面仅剩下的一小截手柄也给敲打没了。

简意骂了声回卧室，边换衣服边给物业打电话，接电话的人表示物业里负责维修的员工现在已经全部派了出去，象征性地记下了她的单元号和门牌号，表示维修员工一回来就过去帮她修理。

挂断电话换好衣服，简意本来想求助顾哲，但是一想到待会儿明礼会过来，两人碰上指不定又会出现什么状况，她就放弃了这个念头，拿着扳手去浴室继续捣鼓阀门。

明礼和陆天枪乘电梯上楼。

陆天枪疑惑："老大，你怎么知道简意住在这里？"

明礼靠着轿厢坦荡荡道："以前来过。"

陆天枪盯着他做思考状："如果你和'柯南他妹'真好上了，我是管她叫嫂子？"

这时，电梯门开，明礼跨腿出去左转径直往走廊尽头走，几步就到了简意家门口。门框上没有了透明胶布，还换了把锁。

明礼斜倚在门边，伸手在锁上摸了摸。

"老大，门铃在这里。"陆天枪过来，直接摁了门铃。

明礼收回锁上的手，伸进裤兜里。简意拿着扳手推开门。

明礼眯了下眼："安全意识不错。"

陆天枪跻身过来："'柯南他妹'，你拿着扳手做什么？"

"刚杀了个人。"简意转身回客厅，把扳手放回工具箱里，"不用换鞋。"

明礼和陆天枪进来，随手关上门。

陆天枪耳朵尖，他站在客厅听到浴室里哗哗的水声，往浴室方向望了望，调侃说：“你真杀了个人在清理血迹？”

看见明礼的瞬间，简意想起来自己没来得及洗的大油头，她放下扳手背对着他们，摘下手腕的皮筋抬手撩起长发快速扎了个丸子头。

“家里还有人？”明礼抄兜往浴室方向走了两步，眉峰微微耸着，“会不会不方便？”

“浴室的淋浴头坏了。”简意解释了声，推开书房的门，“原照片在这台电脑里，一千多张照片，我只翻到了六百多张，视频还没有看。运气好的话，殷文秀可能会被我拍进视频里，但是……”

简意回头，看见明礼已经走进了浴室。陆天枪跟在他身后，靠着浴室的门框伸头往里看了看：“‘柯南他妹’，淋浴开关和水阀门上的手柄都是被你用扳手敲掉的？”

“我已经给物业打了电话，他们可能要晚会儿过来。”简意说。

“铁砂掌传人啊。”明礼从浴室里晃出来，走到客厅简意放扳手的工具箱前，弯腰捡了个钳子，“十佳市民，有困难找警察。”

他拿着钳子踱回浴室，顺便踹了门口的陆天枪一脚：“去买个阀门和开关回来。”

“现在？”陆天枪问。

“要不然等到过年？”明礼拿着钳子在水阀门上用力一拧，淋浴头里的水停歇，“尺寸买不对我会送你一句‘祝福’。”

陆天枪本来已经往客厅走了，听到明礼说送他祝福，他又退回来，手扒着浴室门框嬉皮笑脸的：“老大你要给我送什么‘祝福’？”

“我祝你以后买裤子永远买不对尺寸。”

“怎么会买不对尺寸？我买裤子的时候肯定会试试的啊。”

陆天枪回嘴。

“那可不一定。”明礼转身。

在客厅立着的简意想戳聋自己的耳朵遁地之前，明礼转着手里的钳子从浴室里晃出来了。两人视线对上，简意咬唇错开。

气氛突然尴尬。

“我这就给两位买阀门去。”陆天枪溜得比兔子还快，只顾着要贫嘴忘记这里还杵着个简意了。

明礼往后伸手把钳子放回洗手台上，为了缓解尴尬，他自来熟地走到客厅一角的冰箱前：“给口水喝。”

他抬手拉开冰箱门。简意飞一般连蹦带跳蹿到他跟前，双手使出了洪荒之力按在冰箱门上往里推：“我给你拿水。”

“冰箱里藏着尸块？”明礼的手还卡在冰箱里。只见右手连着四根手指一片淤血，以肉眼可见的速度变紫变肿。

简意赶紧松开冰箱门上的手，慌张起来：“对不起，我不是故意的。冰箱里有冰块，先拿来敷一下，不行的话再去医院。”

简意弯腰去取下面抽屉里的冰块，拿着冰块直起身时，她看见明礼看向冰箱上层的眼神很微妙。顺着他的视线望过去，简意的脸秒变煮透了的大虾，剥了壳还往外冒热气的那种。

一条内裤裹了一层透明保鲜膜，静静躺在几瓶果汁和矿泉水瓶之间。

简意默默拿起内裤塞进外套口袋里，又去浴室拿了条毛巾包住冰块回来，轻轻按在他手上。

明礼喉结滚动，一阵口干舌燥。他左手拿起一瓶矿泉水，顿了顿又放下，一脸平静地关上冰箱门，再从简意手里接过毛巾，语调懒懒说：“铁砂掌不能乱用啊前女友，还好我皮糙肉厚。”

“对不起。”简意红着脸垂下眼帘。

明礼斜倚在冰箱门上，睨着她没说话。

过了一会儿，简意小声问：“还喝水吗？”

话还未落地，简意只觉一个真空泵从天而降，一秒抽走房间里的空气，独独留下了尴尬。

喝还是不喝，这是个问题，明礼睨着她在思考。日光穿过阳台流水般一寸寸铺过来，蔓延至他们脚边，仿若凝固，不肯再往前多进一寸。明礼看着隐在半明半暗中的简意，突然觉得此时此刻自己的人生圆满了。

先前他只穿大裤衩子被她看了去，现在反被他看见了她的内裤。天道好轮回，终于看回来了。要问尴不尴尬？摸着良心讲，不尴尬。非但不尴尬，还有点儿看热闹不嫌事大。

简意有次采访某性感女模，其中有个生活小窍门十八问环节，该女模分享了她的一个私密小窍门——内裤放冷冻室冻一冻，可以杀菌。

简意昨天从阳台上收衣服回来时，突然心血来潮，顺手用保鲜膜裹住内裤放进了冰箱冷藏室里。举双手发誓，她真的是头一次干这种事。如果是被顾哲看到，虽然也会尴尬，但她至少会解释一下。现在面前这个男人，让她怎么解释？好像也犯不着解释。

简意强装镇定，问：“手上的伤严重吗？要不要去医院？医药费我出。”

“我手断了才会去医院。”

手指其实还挺疼，淤血突突往指甲盖里蹿，但是对于身上中过弹、挨过刀的大老爷们来说，手指被门夹了下，别说去医院，就是现下拿着冰块冷敷都显得有点儿矫情。

明礼依旧斜靠在冰箱门上，睨着她又道："浴室的水龙头什么时候坏的？"

"刚坏没多久。"简意纳闷他为什么突然问起这个。

"你给我发微信之后才坏的？"

"嗯。"

"怎么坏的？"

"热水器有毛病，出水不太均匀。"

"二十分钟，你调热水器是想洗个澡？"

简意终于明白他为什么突然问起这个问题，并在上面来回绕圈子了。

"我就是来验证一下照片真伪，没别的意思。"明礼声线暧昧，故意逗她，"你不用特地沐浴焚香来迎接我。"

简意："我是想洗头。"

明礼半眯眼，视线落在她头发上，不觉想起酒店那晚她长发铺在背上的样子。发梢扫过他的手背，酥酥麻麻的，醉意却犹不及他手摸上她肋骨那刻的万分之一。还有她的唇瓣，像棉花一样软。他卷起舌尖扫了下嘴唇。

明礼在心底骂了句脏话，猛拉开冰箱门拿出一瓶冰水拧开，扬脖一口气灌了半瓶。

冰水进肚，冰箱里的寒气扑面而来，明礼体内燥热稍稍往下降，可是想起刚刚还在冰箱里的那团小小的内裤，他又开始不淡定了。

门铃骤响，陆天枪在门外喊："我回来了。"

两人各自偷偷舒了口气。

简意去开门，明礼关上冰箱门。

陆天枪拿着水龙头和阀门进来，鼻子灵敏地嗅到了尴尬的味道。老大这也太笨了，这么长时间过去，一屋子的尴尬怎么还没有挥发出去。

明礼一口喝尽剩下的半瓶冰水，把空瓶捏扁投进垃圾桶："我等得身上都长毛了。"

"我不得把控尺寸嘛。"陆天枪边拆包装盒边往浴室走，递给明礼一个水龙头，"老大，你的手怎么了？"

"被她咬的。"明礼接过水龙头，拿起洗手台上的钳子去装卸水阀门。

"你该不会是对'柯南他妹'耍流氓了吧？"陆天枪凑过来小声说，"老大，没想到你是这样的人。"

明礼三两下装好水阀门上的开关，又去拆卸淋浴水龙头："要不要我给你买瓜子饮料矿泉水？"

"为什么？"陆天枪问。

"前排听好戏。"明礼说。

"好啊好啊。"陆天枪兴奋地搓手。

简意敲了敲浴室门："买阀门花了多少钱？我给你。"

陆天枪看了眼明礼，见他没什么反应，就顺从地从裤兜里掏出发票："一个水阀门的开关，一个混水阀的水龙头，一共二百八。"

简意掏出钱包从里面拿出三张一百："人工费，不用找零了。"

"谢谢。"陆天枪接过钱直接塞兜里，"人工费是指我的跑腿钱吧？不能够是老大的安装费吧？"

跑腿钱？简意再掏钱："安装费另外算。"

"就当给你做面锦旗了。"明礼已修理好热水器，回身拧开水阀门，"你过来试试看顺不顺手。"

简意拿着钱包犹豫地抬脸看了他一眼。

“缺心眼。”明礼拿着钳子拨弄了下她的丸子头，嗤笑，“十佳市民给警方提供破案线索是有奖金的。”

简意收起钱包，摸了摸自己的丸子头，走过去打开淋雨开关，热冷水开关非常好用，她仰脸惊喜：“你把热水器修好了？”

“二十分钟，够你洗三遍头。”明礼不怀好意地对着她笑了笑，走出浴室。

陆天枪跟在他后面一路研究着他手上的伤：“老大，看着不像是咬伤啊，都没有牙印。”

“你的小眼睛能看出个屁。”明礼抬手给了他脑袋一掌。

“照片在书房的电脑里，电脑开着。”简意从浴室出来切入正题，“就是你十七日过来拷走的那个文件夹，你回去之后没有查看？”

“技术组那帮孙子。”那天拷走的文件明礼没看，直接给了技术组。

简意坐在电脑前按了一下，屏幕上有殷文秀的那张街景照片变亮：“就是这张，虽然是侧脸，但还是可以看出来是殷文秀。”

简意抬手去拿鼠标想把照片放大拉近，明礼的手快她一步拿到鼠标，她的手毫无悬念地落在了他手背上。两人视线撞在一起，简意的手触电般迅疾拿开，握住拳头放在了腿上。

陆天枪看了看明礼淤青红肿的手，再看看简意腿上的小拳头以及她羞红的耳朵，再到明礼勾起的唇角。他不在的短短十多分钟，这两人到底经历了什么？

简意盯着屏幕上的照片，脑袋里好似奔过去一群羊驼，带铁蹄的那种。

他上来就抓鼠标，上来就开冰箱门，上来就抱。突然亲她嘴唇，突然摸她腰，突然用脚抬她屁股。迅雷不及又理所当然。咱俩好像不熟吧？能不能不要再自来熟地不问自取！

明礼曲起手指在她耳边打了个响指：“十佳市民，醒醒。你还记得拍这张照片时的情景吗？”

“记得。”简意合上眼再睁开，努力使自己眼睛聚焦，看着屏幕上的照片检索回忆，“当时节目组刚离开鸿卫酒店，我和韩冲开车跟在后面。韩冲开车，我坐在后座，路口等红绿灯的时候，我看见左前方的桥上有个摆摊卖手工编织品的老人。编织品都是些小玩意，看不太清，反正是没人光顾。我觉得老人挺不容易，就想着拍张照片放到微博上，或许可以帮着宣传下他的那些编织品。”

简意继续：“等我拿好 DV 降下车窗去拍时，从镜头里看到一个女孩正在老人的摊位前弯腰捡散在地上的编织品，从他们的神态里可以猜出来，应该是她走路没注意踢到了地上的编织品。女孩把地上的编织品捡起来后，还从包里掏出一张钱压在了其中一个编织品下面。我觉得这一幕很美，就拍了下来。喏，这个女孩就是殷文秀。”

照片上的殷文秀穿着普通的牛仔裤和灰色连帽衫，背了个黑色的小包。照片定格在她弯腰把钱放在编织品下面的瞬间。

明礼把照片放到最大，是一张二十的钞票：“她买了一个编织品？”

简意：“没有，她把钱放下后就走了。我看得很清楚，她什么也没有拿。”

明礼：“走了？她去了哪个方向？”

“桥南。”简意蹙眉回忆，“她刚离开摊位，路口红灯就变绿了，我们是在西山路往东方向行驶。我回头看了她一眼，她是背对着我往桥南那个方向走的。”

“八里桥南前方五百米右拐就是鸿卫酒店。”明礼沉吟道。

“时间是十六日下午两点四十二分。”陆天枪站在他们身后，边拿笔做记录边说，“殷文秀在借书证上作了假。”

“倒也没作假，医学院的图书馆中间是可以进出的，还书借书中间隔这么长时间可以做很多事。”明礼说。

简意眼睛盯着电脑屏幕：“我记得当时就拍了这一张照片，没来得及录视频，后面的照片和视频还看吗？”

明礼：“看。”

四十分钟后，看完所有照片和视频，没再找到殷文秀的身影。

“有这张照片就够了。”明礼看了下时间，“下午四点五十分，殷文秀在学校吧？”

陆天枪拿着手里的本翻到其中一页：“这个时间，殷文秀所在的班级正在三号教学楼上药理学的课。走一趟？”

明礼点头，两人往外走。

“你等一下。”简意起身去柜子里拿了一个小药箱出来，瞥了眼他手背上的伤口，“你手上的伤还是处理下吧。”

明礼本来已经走到书房门口，听闻此言，他又转身回到书桌前，一屁股坐在桌上，眼角夹着笑意问她：“你要怎么处理？”

“用碘伏消下毒。”简意把药箱放在桌上打开，利落地从里面取出一瓶碘伏和一个一次性小口杯，拧开瓶盖倒了一些药水进小口杯，再拿出一包棉签抽出两根来，在药水里泡了泡，“你手伸过来。”

明礼顺从地把右手递到她跟前，简意拿着棉签刚碰上他的手指，明礼夸张地抽了口气：“麻烦轻一点，前女友。”

老大身上即使插了一把刀还能追着凶手跑三条街，医生给他拔刀时连哼都不哼一声的人，现在手上那点儿伤算是伤？陆天枪白眼翻到天上，请继续你的表演。陆天枪觉得自己身上有光，电灯泡的那种光，他拿起手机假装要接电话：“老大，我出去接个电话。”

明礼斜他一眼，孩子终于长大了。

简意小心地涂着药水，又说了声：“抱歉。”

明礼睨着她：“冷冻杀不了菌，撑死杀死一些细胞生物，但是你冰箱里的温度，非但什么都杀不了，还会吸附很多微生物。”一本正经的知识科普口吻。

简意垂头，一张小脸几乎趴在他手上。她头发全束起来在头顶扎了一个丸子，露出光洁白皙的脖颈，纤细白嫩，感觉一握就能掐断。

明礼心头像是窝了只猫，挠得他难受：“韩冲是谁？”

“什么？”简意抬脸，触碰到他的眼神，又慌忙垂下头。

“韩冲，和你一起拍着殷文秀的那个人。”明礼提醒道。

“哦，他是我同事，平时我和他一组去跟拍采访。”简意蹙眉，继续涂着药水，“我拍殷文秀的时候，他边等红绿灯边和女朋友打电话，应该是没有看到殷文秀，你要问他吗？”

同事，和女朋友打电话。

“不用。”明礼收回手站起来，半眯着眼似笑非笑，“我相信我前女友。”

路边的迈巴赫里，烟雾缭绕。置物台上的手机用支架夹着，屏幕里是简意家门口的监控画面。明礼在家里待了一个小时，还没有出来。顾哲背靠着座椅一根接一根地抽烟。

湖城的秋天很美，尤其是今天，傍晚的云霞红彤彤悬在半空，游浮的云层里时不时划过几道闪电，有时是白，有时是红。

他一会儿看看云，一会儿看看手机屏幕。终于，烟盒里只剩最后一根烟时，明礼和陆天枪从家里出去。简意没有出来送他们，是他们自己关的门。

监控里的走廊恢复死寂，空荡荡一片。

顾哲靠在椅背上又看了一会儿渐变的云层，待它们全部染成暗红时，他拿着烟灰缸下车。其实车里有垃圾桶，但他还是端着烟灰缸向前走了一百米，把一堆烟头倒进人行道上的垃圾桶里。

他又从裤兜里掏出一张湿巾，仔仔细细擦拭着烟灰缸，清理掉烟头的残留痕迹。然后，他抽出烟盒里最后一根烟叼在嘴里，把脏了的湿巾和空空的烟盒一起丢进垃圾桶里。

他一手拿着一尘不染的烟灰缸，一手拿打火机点着烟。

这几天他把明礼的档案查了个底，也没查出来他是什么来头。干净到不可思议。

顾哲靠着垃圾桶静静抽完最后一根烟，拿着烟灰缸回到车上，摸出一条口香糖全剥了塞进嘴里，启动引擎，与天际的云霞背道而驰。

第六章

明礼和陆天枪赶到医学院的时候，殷文秀还没有下课，他们联系上殷文秀的辅导员了解她的情况。

辅导员对殷文秀的评价很高——学习态度端正成绩优秀，长得漂亮又洁身自好，没听闻过她有什么男女关系的绯闻。

明礼诱导着问殷文秀在校期间有没有做过什么出格的事情，他特别强调此处的“出格”是个中性词。

辅导员想了想，说了一件事。

大一第一次上人体解剖课时，全班同学没有一个敢上前，是殷文秀主动站出来做了示范。据同学们说，她当时拿着刀的手抖得不行，想必也是害怕极了，但是解剖过程堪称完美，老师更是对她夸赞不已，还让她发表感想。殷文秀说了她奶奶病逝的事情，当时班里女生都听哭了。

档案里显示，殷文秀正是因为奶奶的死，才成为孤儿继而被李思录得知并一直资助她到现在。

明礼问：“关于她奶奶的死，殷文秀当时是怎么说的？”

“我当时不在场，也是听别人转述的，但想来也差不了多少。”辅导员回忆说，“殷文秀说她当时还在念小学，有天放学回家正常吃过晚饭写作业，奶奶说有点儿困就先去睡了，殷文秀写完作业洗漱后爬到奶奶床上和奶奶一起睡，一直到第二天吃早饭时喊奶奶起床，发现怎么喊都喊不醒。后来医生说，奶奶早在前一天晚上就已经故去了。”

想起上次他们见殷文秀时，她娇弱文静像只受惊的小白兔，在听了这个故事后，陆天枪眼睛就有点儿酸。

明礼皱了下眉：“可是据我们调查，同学们并不知道殷文秀是孤儿。”

辅导员点头：“学校出于对学生个人的隐私保护，不对外公布学生的家庭情况。如果院里没有殷文秀家乡的同学，她自己不主动提及的话，没人知道她的身世也是可能的。”

明礼忖了会儿，又问：“学校知道演员李思录长期资助殷文秀上学读书的事情吗？”

“李思录？前几天意外死亡的那个明星吗？”辅导员很吃惊，“我个人不知道他资助殷文秀，也不记得档案资料里有写这回事。你们稍等，我把她的入学档案调出来。”

五分钟后，辅导员看着她的档案摇头：“没有记录她受资助这件事。”

明礼看了下时间，再有十分钟殷文秀就要下课，刚好可以去教室门口堵她，遂告辞。

辅导员送他们的时候，欲言又止好几次，最后还是问：“警察同志，殷文秀和李思录的死有关系吗？”

“不用紧张，例行调查。”明礼道。

“收收你一见着长得还凑合的姑娘就心如擂鼓的小心脏。”明礼站在教室门口，看着在讲台上请教老师问题的殷文秀，对陆天枪说道。

陆天枪：“那你见着简意时，也会心如擂鼓吗？”

明礼：“我是心不动，身动。”

陆天枪：“你厉害。”

殷文秀注意到教室门口的动静，偏头看过来。她神色一凛，匆忙结束问题后，拿着书本回到座位上收拾书包。

阶梯教室里零零散散有几个准备离去的学生，明礼径直走到殷文秀面前：“问几句话，不耽误你吃晚饭。”

教室里几个学生好奇地望过来，被陆天枪挥手轰走：“请女生吃饭，没见过？”

本来有个对殷文秀好感的男生想要过来，听陆天枪这样说，他抬头去看明礼，明礼恰回头，目光还未落到他身上，他脊骨就是一凉，感觉前方压过来一股无形的力量。男生愣了下，双脚像是长了指南针，带着他一个急转身就往教室门口方向走。

明礼靠坐在殷文秀座位前排的课桌上，从兜里掏出手机点开她出现在桥上的那张照片，手机屏幕朝向她：“十月十六日下午两点四十二分，你解释下为什么会出现在这里。”

殷文秀咬唇看着照片，瞳孔剧烈收缩了下，握着书本的手指因为太过用力而发白。

屏幕变黑的时候，明礼收回手机。

殷文秀垂头，声如蚊蚋：“上次撒了谎，对不起。”

明礼沉声道：“在这里说，还是回警局说？”

陆天枪拿出录音笔和笔录册，神色颇为严肃："你最好如实说，都不是法盲，做假口供要承担的法律责任，不用我解释给你听吧？"

殷文秀开始掉眼泪："网上说李老师要在理工大录制节目，那两天正好是周末，院里好多同学都去理工大围观过。我本来是不想去的，十六日那天下午去图书馆看了一会儿书后，思前想后还是决定去看一看。"

警察突然二度来访直接揭穿她的谎言，慌张惊愕之下，她还能边哭边条理清晰地叙述来龙去脉，要么是心理素质超出常人，要么是早有准备。

明礼："思前想后，思的什么前，想的什么后？"

殷文秀咬唇，难为情道："我想找李老师借些钱。"

"当面借钱？微信上转账动动手指的事，而且据我所知，你并不想让同学们知道你和李思录的关系，贸然去找他，不怕被有心人发现端倪？"明礼问。

殷文秀眼睛始终盯着课本："录制的那档节目有和学生互动的环节，我想着以学生身份和他接触，就算别人看到也不觉得有什么异常。"

"你以前找他借过钱吗？"

"大一时借过一两次。"

"具体多少次？总共多少钱？"

"前后借了三次，一次五千，两次三千，都是在微信上借的，然后他约我出来当面给的现金。他说转账有记录，怕被人知道了麻烦。"

肖君说他们夫妻二人的财务分开管理，她没有在意过李思录钱的去向，就算被她知道曾转过几次额度不超过一万的账目，想来肖君也不会过问，更何况是资助殷文秀的钱。

那么，李思录怕的那个麻烦不是肖君，应该也不会是媒体。

明礼拧眉："上次你给我看的记账本里没有这几笔钱。"

殷文秀小声回道："那个记账本里记的是李老师主动资助我的钱，我借他的钱有另外记。"

明礼："说一说你十六日见李思录时的情况。"

"李老师他……"殷文秀迟疑，"事关李老师的隐私，我怕传出去对李老师的声誉有不好的影响。我如果我说了，你们警方会保守秘密的吧。"

殷文秀相当聪明，她简单一句话既解释了她上次为什么会撒谎，又把她的嫌疑先给摘了出来——她发现了李思录的某个隐私或者碰见了某个人。如果他真的是死于他杀，那么应该是跟他的隐私或者那个人有关，不关她的事。

"死者没有隐私权，但是死者的名誉权依然受法律保护。"明礼硬邦邦地说道。

陆天枪好心地提醒她："你要现在不说，就只能跟着我们回局里说了。"虽然他也不能保证在她说了后老大会不会把她铐到局里。

殷文秀抬头看了眼明礼，又看了看陆天枪，这才犹豫着说："十六日那天我给李老师发微信说想借一千块钱，李老师说他们节目组在鸿卫酒店吃饭，给了我地址，让我去找他。我到的时候酒店门口围了好多粉丝，场面很混乱，酒店安保人员堵着门不让进，我就想着从地下停车场那里乘电梯进去。刚进去停车场就收到李老师的微信，他说节目组已经离开了鸿卫酒店，让我第二天再去找他。”

殷文秀从口袋里掏出手机说道：“手机里的聊天记录虽然被我删了，但是你们警察应该可以恢复数据吧。”

陆天枪收起她的手机：“我们会交给技术组。”

殷文秀见陆天枪今天对她的态度和上次截然不同，她索性不再兜圈子，直接说：“我刚要离开时，看到了李老师的车，就想着过去看一看。我走近了后发现车窗上贴着膜，看不清里面，但是车……车身在晃动。”

明礼和陆天枪对视了一眼：“当时是几点钟？”

“我没看时间。”殷文秀顿了下说，“差不多在李老师给我发微信后不久。”

明礼问：“车里的人是谁？”

“我不认识。”殷文秀说。

“不认识，也就是说你看到了她。”明礼双眸鹰似的盯着她，“只要你看到了她的人，警方会根据你的描述画出肖像。”

“不用画。”殷文秀咬着唇，似下了很大的决心，“我拍了张照片，就在手机相册里，没有删。”

陆天枪把手机递还给她，殷文秀接过来开屏幕锁翻开相册，用手滑了几下，把手机搁在桌上正面对着明礼。屏幕上是个年轻男子。

明礼看了看屏幕里的照片，掀起眼皮去看殷文秀。

殷文秀点头：“我没有拍错，就是他。”

陆天枪凑过来，睁大眼不敢相信：“男的？还有其他人吗？”说不定是两男一女。

“这个我不太清楚，但是下车的人只有他一个。”殷文秀蹙眉补充道，“这个人下车关车门时，对车里说了句话。我隐约听到他说的是他晚上有选修课，要考试。”

明礼沉吟道：“他哪个门下的车？副驾驶位还是后座？”

“副驾驶门。”殷文秀说，“我当时太过震惊，紧张之下偷拍了张他的照片，等他走后我也就走了，没再联系李老师。”

明礼看着这张照片，拍摄距离有些远甚至有些模糊，但是从轮廓上可以清晰地辨认出他长相不错，气质不输当红演员。

明礼突然明白了肖君刻意要隐瞒的真相——李思录的性取向。所以，她才会一口咬定和李思录车震的人不是殷文秀。

从医学院出来回市局的路上，明礼交代道：“殷文秀的手机交给技术组恢复数据，照片让他们做好锐化处理，给大学城每所高校都发一张，重点排查十六日各院有考试的选修课。马文青和肖君那里也不要落下。”

陆天枪点头，不住地啧啧说道：“没觉得李思录是这样的啊，他在《本王偏头疼》里演的那个将军荷尔蒙不要太爆棚，以‘行走的雕塑’这个人设吸了好多狂热女粉，跟老大你有得一拼。”

明礼：“让你失望了，我就算喜好男，也不会喜欢你。”

“当我没说。”陆天枪把照片发给技术组，又忍不住啧啧了一阵，“那肖君岂不就是……”

“不一定。”明礼哼了声，“你不是说他们结婚前肖君是个十八线不知名小艺人吗？肖君凭借这场婚姻上位，李思录则成功隐瞒了自己的性取向。各取所需，双赢啊。”

“你是说肖君结婚前就知道李思录是……”陆天枪惊愕。

“八成如此，就是不清楚她知不知道那个男生是谁了。”

“马文青会知道李思录这个爱好吗？”

“这个要问她。”明礼忖了片刻，“她可能还真不知道，要不然她也不会那么积极地催着破案。”

“那李思录够可以啊。”陆天枪边感慨边拿着殷文秀的手机在掌心转来转去，“看来殷文秀上次撒谎是为了维护李思录的名声，这次这么配合，手机都主动交上来，也不怕我们窥探到她的什么个人小隐私。”

“殷文秀这边也不能放松警惕，总觉得她有问题。”明礼说。

“她还有什么问题？”陆天枪不解。

“她这个人憋着股劲儿，一招接着一招，有种兵来将挡水来土掩的架势。我敢打赌，等咱们找到照片上的那个男生了解过情况，肯定还得回去再找一趟殷文秀。”明礼大掌拍了下方向盘，“下次把她传唤到局里问话。”

得知和李思录有关系的是个男人后，马文青一脸震惊。她拒绝相信，坚称此事一定是个误会，自然没有从她这里得到什么实质性的线索。

肖君起初不承认，后来松口说李思录可能是个双性恋，但是她表示从不关心他的私生活，更是不认识照片上的那个男人。

技术组当晚就把照片处理调至最清晰发给各个高校，尚未得到有效的回馈信息。

第二天一大早，刑警队接市局政治部通知，湖城电视台要录制一期法制宣传片，需要刑警队配合，讲解上周追捕犯人的几个情景画面。

陆天枪对镜照了好半天：“老大，毕竟是要上电视，你好歹拾掇拾掇，刮下胡子。”

明礼双腿搭在桌上，头枕着沙发椅背，嘴里咬着烟望天花板：“又不是会见领导。”

陆天枪不理他，继续照镜子。糙人自有糙的味，现在流行这个。

明礼百无聊赖地摸出手机：“我发红包，你不要抢。”

陆天枪撩着额前的一撮刘海：“为什么我不能抢？”

明礼在群里连着发了几个红包，两分钟过去，红包原封不动，他把手机撂在桌上：“没劲。”

“这轮的手气王是谁？”陆天枪放下镜子拿起手机点开队里的微信群，“老大，你发的红包被狗吃了？”

“被你吃了。”

“我没抢你红包。”陆天枪嘀咕着关掉队群，然后点进另外一个有数十条红点提醒消息未读的群，“老大你……”你不是昨天刚见过简意？

被红包刷屏的群，没人来抢，是多么的寂寞。

简意靠着一棵枫树边揉手腕边等同事段芊芊收工。

今天一大早她和韩冲一起去屏山射箭馆采访。采访对象洛洛是个以某网络爆剧迅速蹿红的小花，走清纯不做作的人设，外表清纯看似一枝小娇花，实则运动方面非常厉害，射箭拳击样样都不差。说是采访她，其实就是摆拍一组她射箭的照片。

因简意练过射箭，韩冲建议她和洛洛先玩一局拉近关系。网上盛传洛洛是个射箭达人，水平可赶超国家队。但是一轮比试下来，却被随随便便射几箭玩的简意压下去好几环。简意不是不知道和嘉宾玩游戏的潜规则，要在观众看不出来的情况下让嘉宾赢个漂亮，这次她真没出全力，没承想洛洛水平不是一般的低。

场面十分尴尬，洛洛经纪人护短心切，阴阳怪气嘲讽简意想出风头，更是拿她蹲死李思录的事情说事。简意没忍住回了几句嘴，经纪人在气头上不肯退步，争执冲突中，他想要抢简意手里的相机，拧伤了她的手腕……最后电视台的制片人齐博闻出面调解，才没让事态进一步扩大化。采访自然是进行不下去，韩冲另叫了一个同事过来，嘱咐简意先回去。

简意以前在湖城电视台实习时，齐博闻是她的顶头上司，那个时候他就绯闻不离身，今天和洛洛一起出现在射箭馆，难道他现在和洛洛在一起了？

本着娱记的八卦精神，简意给以前的同事段芊芊打电话联系问齐博闻的情况，聊了几句后，段芊芊透露说齐博闻前段时间被人打断了条肋骨，断的地方和简意以前的分毫不差。

简意震惊："被谁打了？"

段芊芊："不太清楚，听说是从夜店出来挨的揍。今天台里在录制宣传片，我一个打下手的在这儿待着无聊，想听八卦你过来找我，我给你发个定位。"

当年简意做暗访被人追着打这件事，台里都当是意外，只有她和齐博闻知道，她之所以被人发现记者的身份，是因为新闻组制片人齐博闻不小心走漏了风声。

毕竟是不小心不是有意，加上当时齐博闻赔礼道歉的态度极其诚恳，在他的要求下，简意没有把这一细节透露给第三个人，连自己的爸妈都没有说。

齐博闻前段时间被人打断了条肋骨，断的地方都和她当年的一样，直觉告诉她，这件事不会是个巧合。

会是谁？顾哲？但是顾哲回国也才不到十天。她在电视台实习的时候，提都没跟他提过齐博闻这号人，顾哲就算从其他渠道知道了齐博闻，也不会得知她受伤和他有关。

简意疑虑重重地打车去找段芊芊。地方不太好找，到了的时候，她们那边拍摄正在收尾。段芊芊匆忙和她打了招呼后，就忙着去举板打光了。

简意正胡思乱想着，突然感觉头顶压过来一座山，透不过来气。这种感觉，诡异的熟悉。她抬脸，胸口一滞。

明礼一手越过她的头顶撑在树干上，把她整个人罩在胸前，就地来了个树咚：“你手腕怎么了？”

声音浑厚，夹着点沙哑，像是沙漠里突然下了场暴雨，总是给人直击心脏的震撼。

简意下意识背过手，小声说：“工伤。”

明礼睨着她，从鼻子里哼了声：“又被人打了？”

“不严重。”简意避开这个话题，“你在这里办案？”

“讲解案件。”明礼往摄制组方向望了望，再低头看着她不怀好意地笑，“漏了晚宴那晚的一个环节。”

原来段芊芊说的法制宣传片就是这个，早知道就不会过来。简意垂眸，嘴唇抿成一条直线。

“你过来是想和我一起还原那晚的情景？”明礼看着她的样子，一上午的烦躁一扫而空，胸口窝着一头猛兽，就是想要逗她，“怎么着？还想再体验一次？”

鼻腔里的热气轻拂过她的脸颊，所过之处，染上一层红，简意突然不会呼吸了。

明礼一寸寸逼近，猛地抓住她的手腕往树上按："想得美。"

"不是！"简意吐出一口长气，"我来找以前的一个同事。"

手腕吃痛，简意蹙眉抬腿踢他膝盖。

"有生之年可算是见着一个跳起来打我膝盖的活体。"明礼稳稳握住她的手腕，粗粝的指肚在关节上捏了捏，"没有脱臼和骨折，但还是要处理下。没有冷敷？昨天不是还知道给我冷敷，轮到自己就忘了？"

明礼松开她的手腕："去医院。"

简意瞥了眼他的手，淤青肿得吓人，指甲盖里甚至都透着紫。

"你和我一起去吧。"简意闷闷不乐地说。

明礼眼底的笑更明显了："想我陪你一起？"

"我的意思是，你的手最好还是看一下。"

这人总是喜欢拿着针来挑她的神经，但是他手伤算她的，简意表示忍。

明礼拿着针再挑了下她紧绷着的神经："你心疼我了？"

简意："不是！"

"心理学上说，这种时候心虚的人才会否认。"明礼睇着她笑了会儿，"打你的那人是谁？你又蹲死了一个人？"

"没有打，一个明星的经纪人，他讽刺我拍谁谁就死，掰着我的手腕让我自拍来着。"说到这里，简意突然乐了。

明礼跟着她乐："声名远扬啊这位记者同志。"

简意看了眼明礼，突然一个念头滑过，虽然觉得不可能，她还是问道："明队，你以前查我的那份档案里详尽到什么地步？"

"怎么？"

"我在电视台实习期间有次暗访被发现，曾经受过伤，想来档案里有这个。我想问的是，档案里有没有写我受伤的前因后果。”

明礼有些讶异：“你不是说了，你受伤是因为暗访被发现？这事还有内情？”

简意试探着问：“我是怎么被发现的？”

“你是怎么被发现的你自己心里没点数？”明礼用看智障的眼神看她，“总不会是有人故意坑你吧？”

如此说来，查她的档案里没有查到齐博闻这一层。

明礼看她：“还真是有人故意坑你？”

简意摇头：“没有，我就是随便问问。”

“随便问一个刑警？”明礼嗤声。

“老大，找你半天，理工大来信了，就是……”陆天枪跑过来，看见被明礼用胸膛挡住的简意，及时刹住脚，“简意你好。”

简意顺势从明礼胳膊下钻出来。

陆天枪一脸的“我懂”：“老大你今早在群里发红包就是为了让‘柯南他妹’来探班啊。”

群里发红包的事情简意知道，当时她想也没想，直接把群屏蔽。一个红包一分钱，浪费电，且以明礼的行为推测，抢着红包的人准没好下场。

段芊芊拿了一瓶水过来，远远看见简意和明礼他们在一起，疑惑地加快脚步走近：“简意，明队，你们认识？”

简意低低应了声，问她：“好了？”

“完事了。”段芊芊又看了眼明礼，笑着，“一起去吃个饭？”

明礼话说给段芊芊听，但是眼睛一直看着简意：“我还有事要忙，麻烦你送她去趟医院看看手。”

“好吧。”段芊芊托起简意的手，“你的手怎么了？”

明礼俯身过来，凑在简意耳边，用仅他们两个人才能听到的声音说："那天晚上，骨折的位置我没找错吧？"

简意僵住，所以那晚是故意摸的我？

明显感觉到简意的耳朵抖了下，明礼笑着走开。

段芊芊目瞪口呆，等明礼和陆天枪走远，她晃着简意的肩膀八卦个没完，认定了明礼就是她的男朋友，简意百口莫辩。明礼刚才的动作举止，无法不让外人怀疑。

半个小时后简意才有机会问："齐博闻被人打伤是怎么回事儿？"

"七月份的时候吧，齐博闻去夜店玩到半夜，出来的时候被人蒙上头套拖到巷子里打个半死。巷子阴暗又偏僻，听说他在地上躺了半天，最后还是自个儿爬到酒吧门口的……想想他当时的样子要多惨有多惨。不过他这人还真是浪，刚从医院里出来没多久就勾搭上了小明星，就不怕再被人打一顿。"

"谁打的他？没查出来吗？"

"台长报过警来着，不过没查出来，这事也就不了了之了。齐博闻的女朋友太多，大家猜测应该是哪个前女友找人揍他，要么是他抢了别人的女朋友，反正离不开那点儿事。"

"他受伤严重吗？还有你怎么知道他肋骨断的地方和我以前的一样？"简意又问。

"反正是不轻，他在医院躺了有两个月。肋骨这事，是他自己说的，同事们组织去医院看他，东扯西扯闲聊的时候，他说他终于体会到了去年你所遭的罪，肋骨断的地方都分毫不差，当时还嘴欠说你和他是一对苦命鸳鸯……"段芊芊道。

齐博闻七月份挨揍，当时顾哲在美国，她和明礼还不认识。

难道真的只是个巧合？

开车去理工大的路上，明礼对陆天枪说：“你去查一下去年简……得，还是我亲自来吧。”

“什么事？”陆天枪好奇问。

“没你的事，好好开你的车。”

检、捡、拣、简？简意！陆天枪折服于自己的聪明才智。

明礼靠坐在后排，双腿蹬在副驾驶座椅上，拿着手机看理工大校方发来的资料。

麦远，柳市人，独生子，父母双全，理工大美术系大三在读，多部美术作品荣获过校内举办的大奖赛，其中一部作品更是被陈列在湖城美术馆。

“李思录招惹上的人都是如此的优秀，至少表面上看是如此。”明礼锁屏手机。

“所以他的死才是场完美的意外。”陆天枪感慨了会儿，又说，“没准还就是个意外，或者只能当成意外。麦远就算承认他和李思录是这样的关系又能怎么样？完事后李思录还好好的，谁知道李思录后来又非要在车里睡觉。对了老大，没在李思录胃里发现安眠性质的药物残留吧。”

“没有，尸检报告上来看，就是正常入眠。”明礼说。

“感觉今天又会是竹篮打水一场空，退一万步讲，麦远说李思录身上的红豆就是他送的又能怎么样？又不是红豆让李思录在车上开空调睡着的，难不成还能强行说他在红豆上施了法？”

陆天枪有些悻悻然，本以为找到和李思录在一起的人一切就会水落石出，可是真找出这个人后，又陷入了僵局。

明礼拧眉："如果红豆不是他给的，或者他离开的时候并没有发现车里有红豆……"

"那就是他走后有人又见了李思录。"陆天枪拍了下方向盘，"这个人八成就是殷文秀，我记得简意说过，殷文秀的家乡云州盛产红豆。"

明礼阖眼，当时简意怎么说来着？她们系里一个男生，人称"红豆哥"，因给每一任女友都送红豆而得名。简意收过他的红豆没有？没有的话笑那么甜干什么！不过她笑起来的样子是挺甜的，无一例外。

陆天枪看着内视镜里一脸痴笑的明礼，胳膊上起了一层鸡皮疙瘩："老大你这样笑，瘆死个人，和变态杀手的笑容一样，可别最后查出来李思录是你杀的。"

"滚。"明礼抬脚踩着驾驶椅背往前蹬了蹬。

他们赶到理工大的时候正是学校下课吃饭的点，校园里一派生机勃勃。根据校方提供的信息，麦远住在六号公寓楼，一路过去，宿舍公寓区上空飘着的都是饭香。

陆天枪哀怨："为什么我们每次都要在饭点的时候空着肚子查案？"

明礼一巴掌呼在他脑袋上："怕你吃太撑吐出来。"

话音刚落，前方突然一阵骚动，片刻，接连起伏的尖叫声刺破喧闹的校园上空。

"有人跳楼了！"

明礼和陆天枪对视了一眼，拔腿往前冲。

六号楼男生宿舍楼下躺着一个人，胳膊和腿分离，脖子折断，血往外淌，现场十分惨烈。

陆天枪看着血液里的那张脸，磕巴道："老……老大，我怎么瞅着像……像咱们要找的……麦远？"

明礼抬头看了看五楼的阳台骂了声："你去趟医学院把殷文秀铐到局里，现在就去。"

"殷文秀？殷文秀不会跑到男生宿舍把麦远推下楼吧？"

"废什么话？让你去你就去。"

陆天枪脑袋蒙着应下，又说："可是我们没有证据，留置盘查最多扣押她四十八个小时。"

明礼啐了口唾液："那就在这四十八小时内破案。"

校园保卫科的人循声过来，很快在尸体周围拉起了警戒线，分管大学城附近治安的城北支局也派警力赶到现场。

明礼在男生宿舍查看麦远的遗物。床铺和书桌有种艺术气息的凌乱，床头挂了幅抽象派的油画，一看就很毕加索，反正横竖都看不懂。书桌抽屉上了锁，但是钥匙就在桌上最显眼的位置放着，明礼自然拿起钥匙打开抽屉，抽屉最上层铺了张纸——手写遗书。

明礼戴上手套拿起这张轻如生命的 A4 纸。纸上统共就三行。

爸妈：

生为你们的儿子，对不起。再见，来生再做你们的儿子。

银行卡密码 xxxxxx

笔画工整，不像是匆忙之中写下的。如果笔迹确定属于他，也就是说他自杀不是冲动为之，而是思虑了一段时间。

有什么非死不可的缘由？为什么偏偏在警察来找他时跳楼？

有没有人提前告知他警察马上就会找他问话？

明礼揣着疑问在麦远抽屉里翻出一个手机，开机，电量充足，破解锁屏密码，在迅速浏览了遍最近的聊天记录和相册后，明礼点开他的浏览器搜索栏，尝试查询他最近的上网状态。

历史搜索记录几乎全是有关艾滋病的诊断求助与问询。

明礼额角的青筋剧烈跳了几下，虽然警方在保护现场时会做好防护措施，他还是赶紧给现场指挥工作的周警官打了个电话说明情况，嘱咐他务必做好血液隔离清除工作。

麦远跳楼的时候，宿舍就他一个人。舍友不知道他的性取向，更不知道他疑似感染了艾滋病。

据他的舍友说，班里上午是写生课，麦远说他身体不舒服没有去上课。麦远这几天情绪一直不太好，也在吃药，他说身体不舒服，舍友没觉察出异常，离开宿舍的时候，他还在床上睡觉。上午下课后，其中一个舍友发微信问麦远要不要给他带饭，麦远还回了微信，说不用带了，他吃不着。

“吃不着。”这是麦远留给这个世界的最后一句话。

麦远的尸体被城北分局拉走，具体后续工作不归市局管。遗书经鉴定确实是麦远本人所写，血样已提交防控中心，是否有艾滋病毒正在化验鉴定中。

经查，校方负责人在把麦远信息发送给警方后，并没有向第三方透露这一消息，电脑邮件和手机都没有被入侵过，案发的宿舍阳台坠楼处也没有挣扎过的痕迹。

以上，城北分局认定麦远是自杀。

麦远的父母从柳市赶来，刚看了儿子一眼，麦母就晕了过去。麦父悲恸之下还算配合警方工作，他眼里的儿子听话懂事优秀，从小到大没有做过出格的事。

警方告知麦父麦远性取向和疑似感染上艾滋病毒后，震惊之下，麦父暴怒，拒绝相信这一事实。接二连三的打击之下，麦父麦母一夜之间几乎白了头。

第二天中午，陆天枪肚子饿得咕咕叫，但是完全没有胃口，他用筷子划拉着刚叫来的外卖："老大，去理工大的路上，如果我把车开快些，是不是就能赶在麦远跳楼前找到他？就差两分钟，早两分钟，他就不会死。"

明礼去饮水机接水泡了杯速溶咖啡："他就算昨天不跳楼，今天、明天或者后天，还是会自杀。"

陆天枪沉默了一会儿，筷子一下下把外卖餐盒戳烂："老大，李思录的案子就按意外死亡结了吧，他这个人活该！"

现如今网络很发达，也得亏麦远有记录日常的习惯，昨夜他们在城北分局熬了个通宵，由着麦远手机里的信息，摸到了他的微博小号，了解了他两年来的生活轨迹。

小号开了有两年，从和李思录确定关系的第一天开始记录日常，发布的照片都做了模糊处理，要么是背影，要么打了马赛克。小号没有关注任何微博，粉丝数不过百，看样子全是"僵尸粉"，粉丝和博主没有互动过。因此，没人扒出来小号上经常频繁出现的男人是当红演员李思录。

刚开始一年多都是甜蜜日常，直到三个月前，画风突变，凌晨三点连发了数十条微博，情绪激动地谴责对方欺骗了他，内容没有明说，但是可以猜得出来，应该是李思录背着他劈腿，总之，两人之间有了个第三者。

一周后他再发了条微博，有了轻生的念头。当晚又发了条仅自己可见的长微博，叙述了被李思录背叛的过程。

麦远和李思录在国外幽会期间，一次偶然机会，他看见了李思录手机里没来得及删的一夜情信息，两人因此发生了激烈的争吵。争吵过后李思录声泪俱下向他道歉并再三保证不会再发生此类事情。

第二天，麦远再次发现李思录依旧在和对方联系，他向李思录提出分手并一个人提前回国。回到湖城时已经是第三天的夜里，麦远直接在机场附近找了家酒店刚要入住，接到了李思录的电话。

电话里，李思录吞吞吐吐告诉了他一个置他于死地的消息，李思录半个月前确诊 HIV。

天旋地转，麦远当时就蒙了。

麦远以前了解过 HIV 这方面的一些基本常识，有种 PEP 的阻断药，第一次高危行为后，七十二小时内服用，预防率可高达百分九十五。这种药越早服用越好，两小时内最有效，最迟不能超过七十二小时。

麦远赶到疾控中心拿到药的时候，恰好在七十二小时的边缘，他抖着手把药塞进嘴里，没顾上喝水，直接就着唾液咽了下去。

血液 HIV 检测要过了 3 周到 6 周的窗口期才能判断，在此期间 HIV 病毒依然会在人体内产生抗体。麦远一直在服用抗体药，身体每天都有不适的副作用，心理几近崩溃。筛查结果出来，幸运之神没有眷顾他。

明礼一口闷完杯里的咖啡：“你思想很危险啊。”

陆天枪义愤填膺：“李思录就是活该！除了麦远，不知道他还害了多少个人！”

“这种行为不符合刑法杀人罪的特征，只能按故意伤害罪来处置，最多也就是关个几年。再者，我们的工作是找出事情真相，抓住行凶犯法的人，至于该怎么量罪判刑不归我们管。”

“但是麦远已经死了。”陆天枪嘀咕。

“谁告诉你李思录是麦远弄死的？”明礼恨铁不成钢，“昨晚熬了一宿啥事没干是吧？”

昨天陆天枪去湖城医学院把殷文秀带到市局后，问她麦远的事情，她统统摇头说不知道，再问李思录，她态度倒是配合，有问必答，但没一句实质性的内容。

最后她说：“我杀李思录的动机是什么？说句难听的话，他不死每年还能资助我八千块钱，我也能时不时找他借钱，他死了对我有什么好处？”

陆天枪哀怨：“找不出殷文秀杀人的证据，同样也找不出麦远杀人的证据，所以我才说按意外死亡结案啊。”

明礼说道：“麦远没有杀李思录，十六日那天他去鸿卫酒店停车场找李思录是有原因的。”

陆天枪：“啊？”

明礼：“因为他知道李思录是携带者。”

陆天枪拍了下脑袋：“我差点儿忘了，十六日的时候麦远的筛查结果还没有出来，他还抱着活下去的一丝希望，不可能会去和李思录发生关系，但是李思录身上的痕迹怎么解释？”

明礼眯了眯眼：“这个要问殷文秀。”

“你是说殷文秀她……她和李思录？”

“除了麦远，谁都有可能。”明礼拿起桌上的一份文件起身，

“至于是不是殷文秀，她自己心里有数。”

“老大，你去哪儿？”

“审讯室。”

殷文秀盯着墙上的挂钟，但是两眼明显没有焦距，不知道在想些什么，明礼推开审讯室的门走进来时，她依然没有什么反应，连看也不看他。

明礼：“你不用那么拘谨。”

殷文秀眼睛依旧盯着墙上的挂钟，缓缓问：“你们问完了吗？我什么时候可以回学校？”

“问是问完了，但是你没答完啊。”明礼把一瓶矿泉水放在桌上，“法律规定范围，四十八小时内，如果你没什么问题，不会多关你一分钟。”

殷文秀幽幽说：“请问，我还有什么问题？”

“好好想一想。”明礼不轻不重说着，手掌扣着那份文件正面朝向她，单刀直入，“李思录三个月前确诊艾滋呈阳性，你知不知道？”

殷文秀习惯性摇头：“不知……”

她像是突然意识到问题的含义，她瞳孔剧烈收缩，双手盖在双腿上来回狠狠揉搓，几乎要把牛仔裤磨破。

明礼觉得她这个手掌的力度，一会儿就能摩擦生起火来。他曲起手指在桌上的文件上敲了敲，再给她添了把火：“这个是确诊书，麦远之所以跳楼自杀是因为被李思录传染了。”

殷文秀努力了好久，眼睛终于对焦在文件上，看清了上面的字后，她突然抓起桌上的那瓶矿泉水，一把拧开灌了一大口，漱口，吐掉，再漱口，再吐掉。

明礼收起桌上的文件，默默看着她把一瓶矿泉水用完，双目鹰似的盯着她的眼睛，道：“和李思录发生关系的人不是麦远，是你。”

殷文秀眼里带泪摇头：“我……我没有……他们就是在……我去到停车场的时候，我看见他的车在晃动……后来那个男生衣衫不整地下车。”

明礼沉声说：“他们在车里发生了争执，所以车身才会颠簸晃动。”

殷文秀双手捂住脸，声音颤抖：“我不知道……不知道。”

她说的不知道，是说她不知道李思录的病情。

明礼步步紧逼：“所以你才会引诱李思录，你以为你可以改变李思录。你以前向他表达过爱意，他一直拒绝，但是上次他非但没有拒绝，还接受了你。完事以后李思录翻脸不认人，甚至言语羞辱了你，你一时冲动之下生出了恶念。”

审讯室外，陆天枪隔着单向玻璃，戴着耳机看着室内，听到明礼这么说，他小腿肚抽筋了一下。老大有句名言怎么说来着，在他眼里，只有犯人和嫌疑人，没有男人和女人。啊，这样一解释也就符合他一贯的作风。只是，他在简意跟前可没这样过，在他眼里简意就是个大写的女人。

审讯室内，殷文秀疯了一样拍打着早已空了的矿泉水瓶底，试图再挤出些水来。

“你什么时候想好了，告诉我们一声，我们好让人给你验血筛查。”明礼一脸严肃地拿起文件走到门口，拉开审讯室的门，回头说，“我会让同事给你送一箱水。”

陆天枪迎上来，对明礼竖了个大拇指：“老大，你真绝。”

明礼停下，看向审讯室内："比不上她。"

陆天枪纳闷："你怎么就认定了殷文秀有问题？"

明礼："殷文秀去过鸿卫酒店的停车场，但硬是没在监控里出现过。"

陆天枪恍然："如果真是她弄死的李思录，肯定要提前踩好点避开监控区啊，所以说她心思深沉到可怕的地步，真是知人知面不知心。"

明礼皱了下眉："恰恰相反，这是她最大的败笔。"

技术组恢复了殷文秀手机里的数据，她和李思录的聊天记录没有异常，证实了她昨天说的找他借钱的事情。她完全没有必要向警方隐藏这些，就算她真的在麦远走后去找了李思录，并用某种方式使他在车上睡着，接着再把内循环一开到底，甚至是直接在车里放了罐一氧化碳，关死门窗离开。以上就算是真的，警方也没有直接证据可以证明此事。而殷文秀又是换手机又是换账本，还跟专业人士一样躲避了监控区，真不知道该说她聪明还是愚蠢。

陆天枪若有所思："现在已经攻破了殷文秀的心理防线，过一会儿她是不是就会主动交代了？"

"还差一把火。"明礼拍了拍了他的脑瓜，"去给她搬一箱水。"

简意的手腕本来也没有太严重，昨天在诊所处理了下后，今天基本已经没事。晚上体育馆有场演唱会，说是演唱会，其实是某档音乐选秀节目里，十多个人气选手的歌曲大串烧。演唱会晚八点正式开始，白天在彩排。简意被周刊派去采访今晚演唱的选手和嘉宾。市局离体育场不远，在她往手腕上涂药的时候，简意想起明礼那只被冰箱门夹过的手，惨不忍睹。

昨天瞧见他手的样子，应该是出了她家门就没再管过。她昨天拿的药还挺管用的，想着手腕扭伤和手指被门夹受的伤情况差不多，思虑再三，开车去市局给他送药。

毕竟就一脚油门的车程，毕竟药还有剩余……简意把车停好，走到市局大门的时候，一个个理由还在往外冒。

门卫眼力好，自上次明礼说她是他女朋友后，门卫就格外留心记住了，主要也是这张小脸好看，能让人过目不忘。

门卫笑呵呵和简意打招呼：“又来找明队啊。”

简意不好意思地笑了笑：“来给他送药。”

门卫立刻放行：“那敢情好，他们的身上天天都带着伤，送药好。”

简意道了谢走进院子里，想了想，还是给明礼发了条微信，说她路过市局，身上有没用完的药膏，问他要不要。

明礼秒回：“要。”

简意刚想说她就在市局门口，把药交给门卫行不行。

明礼又发过来一条语音：“我在忙走不开，你把药送到办公室，不要放在门卫那里，我现在就要用。办公室你知道在哪里吧？就上次咱俩待了一夜的那屋。”

简意心想，没说我看着你穿裤子那屋，我真是谢谢您……

审讯室外，明礼看着殷文秀蹲在地上慌乱拆矿泉水箱，对刚走过来的陆天枪说：“你在这里盯着她，我去趟办公室。”

“哦。”陆天枪随口问了句，“老大你去干啥？”

“干正事。”明礼留给他一个背影。

办公室不难找，就在二楼楼梯左手数第三个房间，门半开着。

有了上次的经验教训，简意乖乖抬手敲门。

“进来吧，铁砂掌。”明礼吆喝了声。

简意推门进去，特意把门敞开。

“你把门关上，外面太吵，我一宿没睡脑瓜疼。”明礼揉着太阳穴一脸疲惫地说。

简意看了看他，站在门口举起手里的袋子：“药在这里，怎么用说明书上有。”

明礼坐在办公桌前不动：“拿过来啊。”

“哦。”简意进来打算把药放下就走，所以没有关门。

“关门，没听见？”明礼拧眉，抬眼斜了下简意。

简意一个哆嗦，手心像是握了块磁铁，不带停地按着门把手关上了门。明礼隐隐地勾了勾唇角。

简意低头走过来，把药放在桌上：“我走了。”

明礼抬起右手伸在她眼前：“我眼晕得慌，看不仔细说明书上密密麻麻的小字，你来给我擦药。”

简意从袋子里拿出一瓶药膏：“涂上就行。”

明礼收回手，往后靠在椅背上，声音里带着疲惫和敷衍：“行，你搁那儿吧，我有空会自己来。”一副“如果你走出这个门，我就会把些药膏扔桌上落灰”的表情。

桌上乱七八糟什么都有，一烟灰缸的烟头、吃剩的泡面、散乱的速溶咖啡粉……简意真信，这一袋药扔在桌上，就算不被当垃圾清走，也只有在这里落灰的命。

她再去看明礼，他头枕着椅背，眉头紧锁，双眼闭着，脸上写满了“累”。

他刚说，他一宿没睡。门卫说，干这行的身上天天都带着伤。

简意叹了口气，认命地打开袋子，从里面拿出来一瓶医用酒精和棉签："我先给你的手消毒，会很快。"

明礼压着眼底的笑，掀开眼皮瞧她一眼，右手搭在沙发椅扶手上，轻轻"嗯"了声。

简意弯腰，眼观鼻，鼻观心，动作轻柔地拿着棉签给他的手里里外外清理了一遍，待手晾干，再开始涂抹药膏。

明礼抬着眼皮看她，这个时候才发现书到用时方恨少，自己的词语匮乏到令人发指，想找形容词或者什么美好的诗句来抒发下感情都不能行。

她的头发可真是软，睫毛可真是长，脸蛋可真是小。三个排比句，完事。抒发完感情，他支撑不住越来越重的眼皮，上下眼皮一哆嗦黏在了一块。

简意涂完药直起身，吐出一口气："好了。"

不见回应，她扭头，原来明礼睡着了。以前老抱怨记者从来睡不了一个囫囵觉，现在看来，刑警也好不到哪里去。不知道昨晚湖城又发生了什么凶杀案。

这样想着，简意没有叫醒他，而是把眼睛瞄向了桌上的一堆文件，最上面那张"殷文秀"三个字很是显眼。殷文秀？昨晚在忙李思录的案子？

简意使了洪荒之力也没控制住体内的好奇心，她凑过去快速瞄了一眼，突然天降一只大手盖在文件上。

明礼起身凑过来，阴森森地说："我以前是不是跟你说过，不能碰的，也不要去看。"

简意垂头收回目光。

明礼又幽幽道："忘了？那我给你提个醒，鸿卫酒店停车场，你趴地上……"

“明礼，你在里面吗？”有人在门外问。

“我在，还没死。”明礼一只手撑在桌上，面朝着简意，说。

“明礼，我听小陆说你在这里。”一个身穿警服，肩章一看就很厉害的老者推门进来，看到简意，他怔住，“你们这是……”

“陈局。”明礼漫不经心直起身，手按着皮带往上提了提裤子，“刚睡了个觉。”

简意头顶仿佛跑过一群羊驼。

陈局抽了抽嘴角，目光复杂地看向简意：“这位是？”

“我前女友。”明礼暧昧一笑，向陈局介绍，“简意。”

陈局带着审视的目光上下打量了下简意，然后向她微微颔首，端出长辈的姿态，说道：“明礼这混小子如果有对不住你的地方，组织上一定会为你做主。不过如果缘分确实不在，也不要彼此纠缠，好说好散还是朋友。”

“我们缘分好着呢。”明礼痞笑着看了眼简意，然后往外轰陈局，“陈局，有什么事儿，等我忙完人生大事再说。”

“你小子给我悠着点儿。”陈局看了眼简意，轻叹了口气转身离开，还格外体贴地带上了门。

“我不是你前女友，请不要再开这种玩笑。”简意竭力和他撇清关系，冷脸道，“我不觉得这个玩笑好笑，也没感觉到你对我的尊重。”

“首先，十分钟的女朋友也是女朋友，这个你赖不掉。其次，你要觉得我叫你前女友不尊重，你可以努力一下做我女朋友。”明礼端着一本正经道。

就这个理解能力？怕不是个傻子吧？简意在心里暗骂。

明礼抬腿坐在桌上，看着她又说：“不努力也行。”

“做梦！”简意想一口盐汽水喷到他一本正经胡说八道的脸上，“刚才我没有当着你们领导的面反驳你，已经是我最大的忍耐极限。”

明礼不为所动：“那是你的极限没完全开发出来，科学研究证明，人的身体和心理所承受的极限是可以调试开发拓展的。”

简意觉得他简直是不可理喻：“我在和你谈尊重，你却和我谈研究？”

明礼：“其实我是在和你谈恋爱。”

简意脱口而出：“谈恋爱就不需要尊重？”

“需要。”明礼眼底的笑终于溢出来，“以前是我的错，我向你道歉。以后当着外人的面我不会再叫你前女友，叫你名字可以吧，简意？”

“简意”两个字被他叫得带着点儿战栗，没错，就是战栗，第一次用八爪鱼钢丝抓头皮的那种战栗和舒爽，深到骨头缝里。

简意起了一身鸡皮疙瘩，抬脚要告辞：“我下午还有工作。”

“所以，我们以后就是恋爱关系了？”明礼问。

神逻辑，不再叫前女友就是要和你谈恋爱？

“并不是！”简意咬牙切齿，“我不喜欢你这样的。”

明礼目光在她脸上过了一遍，嗯，“女人总是喜欢说反话”看来是对的，不喜欢就是喜欢。对，一定是这样。小姑娘抹不开面子，可以理解。谈恋爱嘛，乐趣就在追。既然想被追，行，我追。

明礼拿起桌上的文件：“那好，不谈恋爱来谈谈你偷看机密卷宗的事情吧。”

第七章

简意本来要走，听他这样说，她停下脚步，底气不足：“以前就说过的，警方结案以前我不会往外报道。”

“先不管这个，你就说说你都看到了些什么。”其实明礼知道，自己刚眯瞪了不到五分钟，她涂完药才开始看，撑死只看了一页。

“云州当地公安局发来的有关殷文秀奶奶去世的卷宗，第一页。”简意看了明礼一眼，没忍住疑惑问了句，“你们还在查殷文秀，难道是因为殷文秀把她奶奶去世的原因归咎于李思录，所以才设计要害死李思录？”

明礼敛起唇角的笑，皱了下眉，低头再看了遍手里的那页卷宗，明明确确写着殷文秀的奶奶是在睡眠中自然去世。既然是睡眠中去世，殷文秀为什么要把奶奶的死归咎于李思录？

他抬头，目光锁定在简意脸上，问：“为什么这么说？”

“猜的。”

明礼把文件往桌上一摔。

简意咬了咬下唇，大胆开口道：“卷宗里提到的那一溜病症都是老年人的常见病，就算并发，突然死亡的可能性也非常小，而且，死亡时间是在二〇〇九年九月十二日。”

明礼目光复杂地看着简意：“这个日子有什么特殊？”

“李思录八月十五日到二十二日在殷文秀所在的学校教了一周的英语课，九月十日学校开学。殷奶奶十二日离世，然后李思录二十九日给她汇了一笔钱，他们之间一定有某种联系，不然，班里那么多学生，家庭条件都不太好，李思录为什么单单资助殷文秀？还一直资助到现在？”

“因为殷文秀成绩最好。”明礼顿了顿，拿起桌上的卷宗往下翻了翻，殷文秀班里至少有一半的学生都得到过资助，“你继续。”

简意：“信息太少，继续不了。”

“嘿，来劲了是吧，给你根竹竿你就能顺着爬上天。”刚说要和你谈恋爱时，你怎么不顺着往上爬？明礼睇她一眼，“你总得有一技之长吧。除了扛揍，你还擅长什么？”

你才扛揍！

简意抿了下唇：“我第六感比较准。”

其实她失业那会儿曾在某八卦论坛开了个帖子，图文并茂通过列举明星参加通告和接受采访时的微表情和动作神态，来分析他们说话内容的真假，乃至他们做出这种小动作的心理活动，都分析得头头是道。比如“某女演员和某前辈面和心不合；某演员和某小花表面没有交际，其实是一对恋人；某男演员在拍摄《×××》电影期间私会某已婚艺人”……

这个帖子盖楼很高，后来爆出来的好几件事都和帖子内容相契合，一度被封为神帖，简意更是被网友称为娱乐圈的“福尔摩斯”。

好多娱乐网站联系到简意，后来因为顾哲和娱乐周刊的张斐然认识，简意就选择了娱乐周刊。入职以来，也预测爆料过几个小新闻，只是折在了李思录和肖君这对明星夫妻身上，跟拍了李思录一周，她硬是没看出来他们夫妻关系不睦。

简意怎样入职的娱乐周刊，明礼自然知道。

“肖君整容过度，面部表情当不了真。”明礼说。

简意抬眼看他。

明礼胳膊突然一伸，双手搭在她肩膀上，一张脸凑过来：“微表情心理学，来，你看看我的脸，猜猜我现在心里想的啥。”

两人之间寸许的距离，再微小的表情也会在眼前无限放大，大到简意能看清他下巴上泛青胡楂的躁动呼吸起伏。他唇角肌肉紧绷，咬肌缓缓松弛，能感觉到舌尖贴着口腔壁，沿着脸颊滑动，停在左侧唇角处，抵开紧绷的一条缝。简意抖了下眼皮，瞧见他瞳孔微微扩大。

想亲她？

简意别开脸：“上次我不追究，并不代表我没有生气。”

上次——是指万豪酒店晚宴，他突然亲她这件事。

明礼松开她的肩膀，抬腿坐桌上，有这么明显？他承认，刚才有那么一瞬，他是想亲她来着。

简意往门口走。

“你等下。”明礼从抽屉里拿出来那本《洛丽塔》，“有没有看过这本书？”

简意回头：“粗略看过。”

明礼眯了下眼：“你喜欢读这种书？”

“能问出这句话的人，证明没什么文学素养。”简意解释了句，“文学选修课必读书单之一。明队，要没什么事我要走了。”

明礼翻开书，拿出书里夹着的一张照片："李思录公司休息室书架上找到的，他和殷文秀的这张照片就在这里夹着。"

简意果然被吸引住，她走过来接过照片看了看，疑惑："你为什么给我看这个？"

明礼："一报还一报。"

简意直言："你想问我李思录为什么会把他和殷文秀的合影夹在这本书里？"

印象中是不是说过，如果她能猜透我的心理，我就跪下来给她叫"爸爸"？

明礼默默叫了声"爸爸"，再道："那你随便说两句？"

"既然李思录已经不在了，你可以去问殷文秀。"简意把照片放在书皮上，"照片和书应该是殷文秀送给李思录的。"

明礼挑了下眼角："何以见得？"

"照片背景是殷文秀当时所在的小学，这张照片的角度构图和采光都在专业水准以上，但是相纸很普通，甚至可以说是劣质，为了防止照片变黄还加了层过塑。"简意语速缓慢，试着还原当时情景，"李思录支教时和班里同学合影留念，请来专业摄影师拍照，学校把这些照片冲印出来，殷文秀想办法要了一张，也或者是学校发给她的，毕竟是她和李思录的二人合影。殷文秀非常爱惜这张照片，她就去照相馆让人加了层过塑。"

明礼眉头拧成一团疙瘩。

简意加了句："我接触到的人中，喜欢给照片过塑的，老年人和小女孩占百分九十以上。男性，尤其是成年男人，干这事的不多。"

明礼捏着手里的照片盯了会儿，抬眼问："书有什么来头？"

眼里的内容已有了肃然起敬的意味。

简意抿了下唇："撇开道德不谈，单从文艺方面来看，这本书里的爱情很美。云州山区，和外面接触极其有限，殷文秀就算再早熟，以她当年的心智理解不了这本书的内容，加上这本书封皮和书页都很新，我猜应该是她大学时看过这本书，自己很喜欢，就买来一本送给了李思录，连同这张照片一起。"

"为什么不能是李思录买的？"明礼问。

"他显然没看过，买来做什么？"简意反问。

明礼："装蒜。"

简意抽了下嘴角："我那天在殷文秀宿舍，殷文秀在谈及李思录时，流露出的神情说不上来，不太像是资助者和受助者的简单关系。但是有关李思录的死，她的伤心是真的，伤心里似乎还带着点儿矛盾。"

审讯室里，殷文秀的表现几乎肯定了她对李思录的情感，得不到的就摧毁？好像还不够。

明礼捏了下眉心，问道："你刚开始说殷文秀奶奶的死和李思录有关？"

"当年李思录支教这件事，网上铺天盖地的报道一看就是李思录经纪公司团队运作出来的，也就是说，李思录不是一个人去的云州，他是和团队一起去的，就算吃住没在一起。他一个上升期的新晋小明星，就算有再大的仇，也不会自毁前程去加害素不相识的殷奶奶吧。"

简意觉得今天的自己雷达异常灵敏，思路极为顺畅："退一万步讲，就算是因为李思录的过失间接导致了殷奶奶的死，他为了弥补这种过失，以他的经济实力，他不可能一年只资助殷文秀八千块钱。”

明礼眼眸亮了下：“李思录之所以一直资助殷文秀到现在，是因为殷文秀向他表达过爱慕之情。至于资助的数额不多，是他不想给殷文秀过多希望。”

殷文秀成绩优秀，长相可人，突然之间又成了孤儿，最孤立无援的时候，她把全部感情寄托在李思录身上，李思录是她走向外面世界的寄托和希望。李思录深知这一点，所以委婉拒绝她后，依旧资助她读书上学。

每年固定资助八千块钱，只够学费和基本生活，李思录是想借此告诉她，他对她只是出于公益慈善道义，再无别的想法。

简意左手放到唇边，轻轻啃了下拇指指肚。这是她惯常的思考怪癖，从小留下来的毛病。

明礼看着她这个小动作，心神一阵荡漾，不由卷起舌尖扫了下唇角。

简意啃着指肚蹙眉道：“只有殷奶奶死了，殷文秀才能成为孤儿，李思录也才会资助她。”

“你是说殷文秀害死了她奶奶？”明礼觉得匪夷所思，但是办案经验告诉他，越是匪夷所思不可思议的事情，往往越是真相。

“如果李思录没有去云州支教，她奶奶就不会死，所以殷文秀恨李思录。”简意继续，“这在心理学上有解释，当一个人做了一件有违自己良心的事情后，她为了减轻自己的负罪感，就会下意识地给自己找理由开脱。假如找到了理由A当借口，久而久之，这种意识逐日加强，她就会真的认为是理由A致使她做出那件违背良心的事，从而达到消除自己内心负罪感的目的。”

明礼拍大腿：“殷文秀找的理由A是李思录去云州支教。”

一切豁然开朗。殷奶奶的死，《洛丽塔》书里的合影，李思录资助殷文秀以及车上的红豆都串联了起来。

今天的简意让明礼刮目相看，她在不知道李思录死前车震以及性取向和艾滋这些至关重要线索的情况下，就能迅速找到突破口。他感到惭愧的同时又有些自豪，自己看上的女人，就是这么来劲。

明礼抑制不住内心的悸动和澎湃，抬腿上前迈了一大步，猛地张开胳膊，卡着简意的胳肢窝就把她架了起来，直接来了个举高高。

“你这样的天才，就该当我女朋友，不然就太屈才了。”

明礼放下简意的时候还轻轻地在她发顶啵了一下，要不是他腿长腰线高，简意抬脚就能踢破他的裆。

起重机啊？动不动就把人腾空架起来。从来没有见过如此厚颜无耻之人。恋爱无数的顾哲就算再直白再敷衍，也不会用这种无法用正常人类语言表达的招数追女孩。

简意从牙缝里往外蹦字：“我不喜欢你。”

明礼自动翻译为——我喜欢你。

哎呀，喜欢也不用喊这么大声吧。

明礼看着她直乐呵，简意扭头就走。

明礼出门送她，贱兮兮道：“等案子结了，局里送你面锦旗。”

简意一脸乌云地奔下楼，不想和他在一起多待一秒，待他身边不是窒息而亡就是被气昏厥。她可待不起。

明礼心神荡漾。

还说不喜欢我，你的动作出卖了你的心。这种撂下狠话转头就小碎步狂奔的，是小姑娘向心爱人表白过后的经典动作，真是个心口不一的小可爱。我就是喜欢这种外表和内心不一致的反差萌，亲一口萌化心，戳一下甜三度。

明礼瞧着她的人影消失不见，这才转身去陈局办公室。

陈局拧开双层玻璃保温杯盖：“李思录的案子进展怎么样？”

“上头施压了？”明礼问。

“毕竟是名人，影响不好。”

明礼拉过来一把椅子，两腿一劈，胳膊撑在椅背上倒着坐下：“名人就高人一等？”

“少在我跟前犯浑。”陈局往保温杯里加了几颗枸杞，“三天。”

“用不了，今天就能结案，但需要您老高抬贵手，去跟云州当地的公安局打声招呼。”

陈局盖上保温杯盖：“怎么，他们不配合？”

“明面上倒是很积极，但实际没什么用。”明礼伸手抓了一把枸杞往嘴里塞，“我想要的是没记录在档的，其实不过分，就是殷文秀她奶奶的死因。”

“行。”陈局一锤定音，“案子今天结不了有你好看。”

“您就瞧好吧。”明礼把手里的枸杞全倒在嘴里，摊开手掌在大腿上蹭了两下，这才站起来。

“你等会儿。”陈局叫住他，从抽屉里拿出一个包装完好的保温杯，“枸杞不是那么吃的，要慢慢补。”

明礼拒绝：“我不用补。”

陈局手捧着保温杯，语重心长地说：“你悠着点儿，年纪也不小了，到了该用保温杯的时候了。”

明礼一阵语塞，抓起保温杯就走。

“明礼。”陈局叫住他，“你的个人问题……”

“我个人没问题，我和我女朋友好着呢。”

陈局挥手让他走，不想管他的这种破事，随他吧。

由陈局亲自出面搭桥，不到二十分钟，云州当地的公安局就打来了电话，说当年殷文秀的奶奶其实是误食了农药死的。

当时正值开学季，全县各地都在推典范，殷文秀被学校选中，这个节骨眼上，殷奶奶突然误食农药辞世，殷文秀身上加成的同情值瞬间飙升，但总觉得这个死法不太“高大上”，校领导决议美化一下这个故事。

于是，经过修饰润色，把殷奶奶的死改成了睡眠中自然死亡，更是把殷文秀添加了进去。殷文秀抱着死去的奶奶一起睡了一夜，这一凄美故事赚取了不知多少人的眼泪，事到如今云州的学校里还在流传这段凄美故事。

用云州警方的话说，这个故事差点儿上了电视节目，事已至此，他们就把殷奶奶的死因压了下来。云州当地的公安局可以说是很谨慎了，没有纸质文件说明，只是电话口述。

明礼站在审讯室单向玻璃前，看着依旧在不停洗手的殷文秀，捋了一遍事情的前因后果。

陆天枪拎着外卖过来：“老大，殷文秀怕是要疯。”

明礼问：“她有提出要抽血筛查吗？”

“没有。”陆天枪说，“你离开的这段时间，她一句话不说，就一直重复着漱口洗手的动作，刚开始还很疯狂，但是慢慢冷静了下来。”

“再静就焉了。”明礼从陆天枪手里抢过来外卖袋子，直接进了审讯室。

“饿了吧。”明礼把外卖搁在桌上，从袋子里往外掏餐盒打开，摆在她面前，又把一次性筷子放在她手边，“你医学专业应该知道，HIV 验血主要是看细胞和病毒，跟吃不吃饭没有关系。”

红烧肉、青椒土豆丝、紫菜蛋花汤。刚揭开餐盒，饭香味四溢，殷文秀抿了抿唇。

“吃吧。”明礼拉了把椅子坐下。

殷文秀面无表情地拿起筷子，筷子头在桌上轻轻敲了三下，这才掰开来，夹了一筷子米饭塞进嘴里。

“你刚才敲筷子，是有什么讲究？”明礼问得很随便，他靠着椅背，双腿伸展想搭在桌上，因殷文秀正在桌上吃饭，他坐在椅子上转了半圈，最终把脚蹬在墙上。

殷文秀细嚼慢咽直到嘴里的米全咽下去了，才说：“习惯。”

“从小养成的？”明礼想起简意思考时啃拇指的小习惯，想把这案子立马结了好腾出空来逗她，他扫了眼殷文秀，“这习惯跟着你奶奶学的？”

殷文秀夹菜的手停顿了下，没说话。

明礼继续：“听说你很小就学会了做饭，你和奶奶最后一顿饭，也就是二〇〇九年八月十二日的晚饭，是你做的吗？你还记得你做了什么饭吗？”

殷文秀用筷子扒拉着土豆丝，很抗拒地说：“忘了。”

“再好好想一想，会不会是你做饭时误放了什么东西？”明礼问。

殷文秀状似没有听见，只埋头认真地吃饭，好久之后闷声道：“那天我放学回到家的时候，奶奶已经把饭菜摆在桌上了。”

说完这句话后，她继续一口一口往嘴里塞米饭，只不过咀嚼的动作要比刚才慢很多。

明礼看着她，眉头拧成一个疙瘩。殷奶奶确实是农药中毒身亡，如果不是误食，除了殷文秀，就只有殷奶奶她自己！

云州很早就已经普及了九年义务教育免除学费的规定，只需交书本费和校服费，按说殷奶奶可以负担这些费用，除非，她想要给殷文秀更好的生活。对于殷奶奶来说，能看着孙女长大就已经是很好的生活，但是对于殷文秀来说，她能结识“大人物”离开云州山区飞到外面的世界是她生活的希望。

殷文秀依旧在往嘴里塞米饭，只塞不嚼，身体有些轻微的颤抖。

明礼心中一个念头浮现出来：殷奶奶为了成全殷文秀，喝农药自尽。

九月十日开学，九月十二日夜里喝了农药，一定是听了殷文秀从学校里带过来的什么消息，甚至有可能两人起了争执。殷奶奶觉得自己就是个累赘，心生去意，当晚狠心喝下农药结束了生命。

殷文秀曾经崇拜李思录，后来因为奶奶的死，她对李思录的情感变得复杂了起来。

明礼在心底叹了口气：“当晚你和奶奶吃饭的时候，跟她说了些什么？”

殷文秀肩膀抽搐得更加厉害。她不说话，上了弦的木偶一样，一个劲儿地往嘴里塞饭菜。

明礼步步紧逼：“你们吵了一架，你埋怨奶奶是个累赘，你说你还不如是个孤儿，如果你是个孤儿，就能被外面的人领走，你不想把生命浪费在那个落后的山区，活在那样的地方不如死了。奶奶听了你的话后，当夜就喝了农药。”

大颗大颗的泪从她眼里掉下来，嘴里的饭太多，撑得两腮鼓起，托住留下来的泪。

明礼起身走过来：“奶奶死后，你成了一个真正的孤儿，半个月后，你联系上了李思录。李思录给你寄钱供你读书，一切都朝着你想象的方向发展。这种状况一直持续到你读大学，你向李思录表白被他以你要专心学业为由婉拒。如他所愿，你努力学习考上了湖城医学院。你非常喜欢《洛丽塔》这本书，你觉得自己就是书里的洛丽塔，只是你比她懂得什么是爱，比她更勇敢，你在书店买来一本《洛丽塔》，并把你们的合影放进去，再次向李思录表白。你觉得他看了书和照片就会懂，但是转眼，李思录就和肖君结了婚。”

殷文秀口齿不清地呜咽道：“不要说了，不要再说了……”

明礼双手撑在桌上，双眼盯着她继续激她：“你可能不知道，你送给李思录的那本书他根本就没有看过，一直扔在书架上落灰。在李思录眼里，你就是个从山沟里出来的孩子，他是你的恩人，你们的身份、地位从来就不对等。每年八千块钱，他给他家里的宠物狗洗一次澡、美一次容也不止这个数。”

殷文秀像是被刺中了死穴，她握紧筷子猛地插进红烧肉里，筷子穿透餐盒，生生断成了两截。

明礼声音渐大：“李思录结婚后，你突然发现你给自己构建的世界崩塌，你想起了你奶奶，你觉得她白白死了。如果不是李思录当年去云州支教，你奶奶就不会喝农药自杀。”

殷文秀蜷缩在椅子上，往外吐没咽进去的饭菜，吐到一半的时候，她开始抽搐起来。审讯室外的陆天枪见状，连忙跑了过来想查看她的状态，被明礼制止住。

“后来你发现了李思录的秘密，索性破罐子破摔，以这个作为要挟想要敲诈他一笔钱，他约你谈判。十月十六日你去到鸿卫酒店地下停车场的时候，正好撞见麦远从他车里出来，你随手拍了张麦远的照片，想留着以后作为证据敲诈他。”

“不是。”殷文秀面部痉挛抽搐着说，“我从来没有想过敲诈他，我是那天才知道他的性取向的。”

陆天枪看了明礼一眼，摸向口袋里的笔录本。

明礼知道时机已到，他逼过去：“你不相信自己看到的，就过去质问他，他承认以后，你无法接受。你对自己的身体很有信心，于是你就脱光了看他到底是不是对女人有反应。”

殷文秀双目赤红，她持续用早已断成两截的筷子戳着稀巴烂的红烧肉，狠狠地说：“我没有，是李思录！他说如果我愿意，他可以和我试一试，后来……后来他又羞辱我，说这些年来资助我的钱就当是付给我的费用，让我以后少恶心他……李思录这个王八蛋，害死了我奶奶，现在又来害我……他就应该死……他该死！”

殷文秀拿着折成两截的筷子尖刺自虐地往自己手腕和胳膊上划，渗出血来。明礼摁着她的胳膊往桌上一抡，震得她手里的筷子甩了出去，为了防止她再自残乱动，明礼掏出手铐把她铐在椅子上，这才发现她露出的一截胳膊上有好几个细小的针孔，针灸留下的印记，不细看看不出来。

明礼太阳穴突突直跳——尸检报告上李思录身上的针灸痕迹！殷文秀医学专业！

“你给李思录针灸时做了什么手脚？”

殷文秀看着手腕上渗出的血笑了一会儿，再仰头哈哈大笑，笑得在一旁做记录的陆天枪灵魂差点儿出窍。

她笑过之后又哭了一会儿，然后又开始笑，整个人抽了筋髓般，瘫在椅子上。

“他说头疼，我拿出针灸包要给他针灸，他同意了，哈哈。我只轻轻扎了几下，他就睡着了。他睡着的样子和当年在我老家后山坡草地上睡着的样子一样，他本来就应该是这个样子。我看着他，想把时间凝固定格在这个瞬间，就像我和他的那张合影，能够永远封存起来……我陪着他坐了一会儿，然后就走了。”

“你下车时使车保持怠速，又关严了车窗。”明礼紧盯着她说，“你手机里的历史搜索记录虽然被你删除干净，但是痕迹依旧在。你曾用手机上网搜索了李思录的这一车型，虽然没考过驾照，但是基本的操作按照网上步骤提示你还是会做的。”

殷文秀没有否认。

“你为什么要在李思录身上撒一把红豆？”明礼问。

“奶奶的坟前有一棵红豆树，长得不怎么好，第一年结的红豆我全部摘了下来，称了称，刚好一两，后来我把它送给了李思录。”

明礼说的是“一把”，而殷文秀则准确地说“一两”。

殷文秀自嘲一笑：“九月二十八日那天他和我一起吃火锅的时候再次拒绝了我，我要求他归还那一两红豆，他说会给我。结果那天在车里，我发现他还给我的红豆根本就不是我给他的。他却说我当时给他的时候，他就随手扔进垃圾桶里了，还说红豆都长一个样，他去超市买了一把回来，称好了是一两。能一样吗？那是奶奶用命换来的东西，他却当垃圾给扔了！”

殷文秀再次陷入癫狂状态。

殷文秀被带走的时候，她用袖子细细擦了擦她染到桌上的血迹。陆天枪注意到她这个动作，眼睛不由一酸，殷文秀觉得自己可能会被传染HIV，所以尽可能避免别人接触到她的血，终究心底还保有一点良善。

“老大，队医说殷文秀高烧到三十九度，会不会真的被李思录那个人渣传染上了？”

“她就是被吓的。”明礼捏了捏眉心，“不过还是让接触她的人注意下，已经抽血送去筛查了吧？”

“嗯。”陆天枪挠着头纳闷，“其实如果她不在李思录身上撒上这么一把红豆，压根就不会让人往他杀这方面想，更不会牵扯到她身上。”

明礼：“总得找到和他死前来往过的人是谁吧，绕来绕去最后还是要绕回她身上。”

陆天枪：“她真的和李思录？”

“你要好奇，技术性的问题你亲自问她去。”明礼整理卷宗。

“那还是算了。”陆天枪帮着收拾明礼的办公桌，一边小声嘀咕，“可是，哎，怎么就……”

明礼拿着一摞文件砸他脑袋上：“信不信我把你嘴巴缝上。”

陆天枪捂着头闭上了嘴。过了一会儿，他又说：“老大，殷文秀这种算故意杀人吗？会不会判死刑？”

“说过多少遍，我们只管查明真相找出犯罪嫌疑人，具体定罪不归我们管。”明礼把整理好的卷宗拍在桌上，“报告你来写，下班之前交上来。”

“好，我这就去写。”陆天枪应下，犹犹豫豫不肯走，“老大，那就这样，麦远白白死了？听城北分局的人说，麦远他妈妈受不了打击犯了病，今天被拉到医院抢救去了。还有李思录，他指不定和多少个人发生过关系，这些人指不定又和多少个……这病是会传染的。”

明礼坐在桌上，抬手揉了揉眉心，说：“以前是不是说过，等这案子结了，要把独家新闻给简意。”

陆天枪眼睛一亮，声音也格外响亮：“是有这么回事。那天我们从医学院找殷文秀出来，去吃火锅的路上和‘柯南他妹’约好了，等这案子结了要把这一新闻给娱乐周刊独家首发。”

“你悠着点儿，报告明天再交吧。”明礼捞起椅子上夹克出去。

“老大，你去哪里？”

“回家睡觉。”

“你不等‘柯南他妹’了？”

“你喊谁呢？”明礼把夹克甩在肩膀上，咬着烟踢开门，“以后叫嫂子。”

当晚，湖城娱乐周刊发出一条震惊全网的新闻。微博论坛贴吧都在传一组图片，图片内容就是麦远微博小号仅自己可见的那条长微博，就是在这条长微博里，麦远叙述了他被李思录恶意传染的经过。马赛克隐去了麦远的个人信息，但是李思录的名字着重标红。

各大八卦集中地的网络一度瘫痪，又是一个不眠夜。

湖城美术馆送去参与展览的《青鸟》获得了国家油画展最高奖项，被选送到国际油画年展参加展览。

简意看着手机里拍来的这幅油画，不禁湿了眼眶。

下午从陆天枪那里得知案件整个经过后，简意大脑当机蒙了好一阵。她消化完这些难以置信的信息，只拍了麦远微博小号的那条长微博，然后给麦远的个人信息打了马赛克，发给了张斐然。

张斐然一再问她这条长微博的博主是谁，简意坚持说不知道。她很清楚，如果张斐然知道是麦远后，肯定会把他获奖的这些消息挖出来，大篇幅煽情报道，以麦远的优秀和凄惨悲剧来衬托李思录的恶。

简意虽然没见过麦远，用句很矫情的话说，她能感觉出来麦远灵魂的纯净。麦远要的不是这些，他到死都没有暴露李思录。但是，他留下了这个手机，留下了这个微博小号。他是在等有人来发现，以不打扰他的方式。

简意删掉了麦远的信息，也没有发有关殷文秀的消息。如果殷文秀要上新闻，上的也是社会新闻，不是娱乐新闻。

今天陆天枪给她偷看卷宗的时候明礼不在，现在网上闹得沸沸扬扬，简意想了想，给明礼发了条微信：“网上的头条新闻你看了没？我发这些出来没违反规定吧？”

明礼回她：“我不关注八卦。”

李思录事件热度持续攀升，湖城娱乐周刊流量达到年度新高，张斐然给简意发了一笔奖金又给了她两天假。

顾哲大学同学晚上聚餐，见简意闲着，于是带上她一起去蹭吃蹭喝。顾哲和简意一个大学，在不同系别又比简意高一届。包厢里十多个人，男女对半，大部分人简意都认识，简单打了招呼后，简意随顾哲坐下。

顾哲舍友李森笑着说：“简意，顾哲的衣服还是你洗吗？”

以前上学那会儿顾哲的衣服都是打包给简意洗，他们曾经在家庭会议上讨论过这个问题，简意的抗议无效。不过好在顾哲的小迷妹不少，简意带回去的脏臭衣服基本都是被她们承包了。

简意喝了口水刚要开口，挨着李森的丁芳芳说：“哪里用得着简意？都是顾哲的迷妹们争着抢着洗。我当时听一个小师妹说，还没等简意把顾哲的衣服带到宿舍，半道上就把脏衣服瓜分完了。”

“这些女生怕不是疯了吧？”

“不还是看脸？你去让人家小女生疯一个试试？”

“哎哎，我想起来了，记得顾哲每次都能从洗好的衣服里掏出情书来，原来是这么回事。”

“什么时候我也能有这种待遇……想当初……”

一群人笑着回忆校园往事。

顾哲面容淡淡，嘴角始终噙着笑，手里拿着一个打火机在掌心来回转着，掀起眼皮看了眼旁边的简意。

简意吐了吐舌头，笑着小声说：“一件衣服五块钱，是我收她们五块钱，怎么样？有生意头脑吧。”

顾哲无甚情绪地说：“所以，大学时我的衣服你其实一次也没洗过？”

“也不是，刚开始是我洗，宿舍水房有洗衣机。”简意笑笑，“但是那些女生洗衣服可都是手洗，晾干以后还会用熨斗熨平，比我厉害多了。”

顾哲喝了口酒没说话。

简意撇了撇嘴，小声嘀咕：“我去上学，又不是你的保姆，当初高考我报的第一志愿本来就不是湖大，还不是你偷偷……”

简意没再说下去，因为她发现顾哲根本没在听，而是和对面的同学谈笑风生。

当年高考简意本来报的是其他城市的一所学校，湖城大学录取通知书下来时她才知道顾哲偷偷改了她的志愿，改成他就读的湖城大学，美其名曰方便照顾她。简意气得一个暑假没和他说话。

大一开学，军训一天下来累得要死要活，顾哲骑着单车到简意宿舍楼下截住她，往她脖子里挂上一包脏衣服就走。简意回去就把他的衣服全剪了扔进垃圾桶。

顾哲给简父简母打电话告状，简父简母开电话会议骂了简意一通，并遥控指挥她每周给顾哲洗衣服，甚至还让她在顾哲没吃上饭的时候买好餐送到他宿舍。

简意哭着给顾爸爸打电话诉苦，谁知道隔天军训时教官把她叫出来，又是给她递水又是让她乘凉，整个军训期间没让她受一点儿苦。

当晚简意去找顾哲，顾哲不在学校，电话也打不通，联系到顾哲舍友，舍友说他爸爸半个月前来学校叫他出后去，他再也没回过宿舍。

国庆放假回家，简意才知道因自己打电话告状，顾哲被顾爸爸带回家体罚又关了禁闭。从此以后，简意再也没向顾爸爸告过状，国庆返校后，她就包揽了顾哲的脏衣服。

简意觉得，面对比她横的人，自己约莫有着受虐体质，不光是在顾哲面前，在刚认识不久的明礼面前也是这样，一个字来形容——㞞。

饭吃到一半，顾哲面有愠色出去接电话。

简意旁边一个女生拿着手机突然惊呼了声，大家去看她，她把手机屏幕反过来，指给众人看："莫小茹，网红届一姐，正在微博直播，她刚刚说有人要杀她……啊！我忘记录播了，不过弹幕里大家都在说这个。"

手机屏幕里，莫小茹本来正在直播里教大家化妆，可能刚涂上粉，手里还拿着眉笔，左边眉毛刚画了一半。她扭头看向左后方，镜头正好对准她左边诡异的半截眉毛，加上她捂嘴的动作，显得画面异常的惊悚。

镜头突然一黑，直播中断。

弹幕疯了一样刷屏，有人说莫小茹最后一句话是："你不要过来。"还有部分人说这是恶作剧，目的就是为了吸引流量、刷话题……就着这个话题，包厢里火速热闹起来。

李森说："这些网红为了博出名，什么都干得出来，前段时间不是有直播滴风油精的吗？"

其他人附和："还有直播说不想活了，每回都是网友报警，结果警察赶到什么事也没有。"

简意默默拿出手机关机，她最怕休息的时候娱乐圈突然出个什么大事，然后被张斐然一个电话叫出去干活。

最先用手机看直播的那个女生刷着微博说道："已经有人报警了，不知道真假。诶，对了简意，听说你现在是个娱记，你认识莫小茹吗？你觉得她怎么样？我男神李里离真没有女朋友吧？还有那谁……"

简意感觉脑袋要爆炸，她找了个借口溜了出去。在外面大厅逛了一圈，甚至去了趟洗手间，再回到吧台，依旧没见到顾哲。

要回包厢必须要经过吧台，于是简意坐在吧台前要了杯酒，准备在这里等顾哲。调酒师调了杯鬼魅之夜，她端起来刚喝了一口，头顶压过来一座山，然后插过来一只大手，顺走了她手里的酒杯。

酒吧里不都是男人给女人送酒吗？第一次见抢女人酒喝的男人。简意抬头，对上明礼审视的目光。

明礼站在她旁边靠在吧台上看着她，扬脖喝尽了酒杯里剩下的酒，然后把空酒杯放回吧台，敲了下台面，对调酒师说：“给她来杯‘小甜心’。”

“小甜心”？简意觉得自己的耳朵受到了史前挑战。

明礼睨着她笑得居心叵测：“你在等我？”

简意茫然：“不是，我根本不知道你在这里。”

明礼一副“你别不好意思承认”的表情：“陆天枪朋友圈里有说今晚我们在这里聚餐。”

“我没看朋友圈。”简意不知道他这人的自信到底是从哪里来的，“我在等顾哲。”

明礼丝毫不觉得尴尬：“哦，他在洗手间。”

“你见到他了？他在干什么？”

“洗手间，除了撒尿，还能干什么？”

简意不想和他说话。

明礼毫不在意，他倚着吧台和她一起等着调酒师调“小甜心”，边等边向简意介绍这酒的来历，介绍的时候三句离不开小甜心，把调酒师听得酒都洒了出来。

简意想找地缝钻进去，他再这么说下去，她宁肯去男洗手间门口等顾哲。

洗手间里，顾哲漫不经心站在洗手台前，双手伸到水龙头下，任水冲了有一分钟。

一个浑身酒气穿皮夹克的男人提上裤子，过来洗手台洗手，他连着按了一排五个水龙头，没一个出水的。他骂骂咧咧来到顾哲旁边，瞪眼看着顾哲，喷着酒气说：“哎，兄弟，你站这儿念咒玩呢，啥玩意儿，水龙头你家的？”

顾哲保持冲水动作不动，不看他，也不说话。

“你傻吧。”男人用粗壮的胳膊撞了顾哲一下，想把他挤走。

顾哲长相显小，身材修长偏单薄，斯斯文文，一看就是被人欺负的样。这个男人比他要壮上一圈，个头也不算矮，但是他用了八成力气撞顾哲，愣是没有撞动。

男人骂了句，准备积攒十成的力气再撞一次。他啐了口唾沫，开始捋袖子。

顾哲保持双手伸到水龙头下冲水的姿势不变，缓缓侧脸扭头看向这个男人。

男人见他瞧过来：“孙子，你瞅啥。”

顾哲面无表情，轻启薄唇，问：“你就是牛皓？”

男人一愣，随即又骂：“你认识爷爷，还不麻溜儿地滚开？”

“我一直在等你。”顾哲声线没有丝毫波动。

牛皓，洛洛的经纪人。刚才吃饭的时候，张斐然微信里和他聊天，说起了简意前天被洛洛的经纪人牛皓掰伤手腕的事情。牛皓本来不在这家酒吧，顾哲搭线，通过好几层关系才把牛皓叫到这家酒吧续摊。

顾哲今晚心情史无前例的不好，躁狂到极点，整个人一点就能燃着。

大学时他的衣服不是简意洗的；明礼去她家修水龙头，还装什么寸头男模李明；牛皓掰伤简意的手腕……这些他之前全不知道。

“你脑子有病吧。”牛皓抡起胳膊过来。

牛皓胳膊擦着睫毛飞过来，顾哲偏了下头，抬手抓住他的手腕往洗手台边沿上狠狠一磕。牛皓疼得一秒酒醒，张大嘴喊都喊不出来一声。

顾哲丢开他，抬手松了松衬衫领口吐出一口气。他双手按在水龙头上用力一别，水龙头的手柄和管身被他拧了下来。水柱直蹿出来。

“小甜心”终于调好，明礼解说完毕，把酒搁在简意面前，眼神暧昧地看着她：“小甜心，慢慢喝。”

简意臊得想把“小甜心”泼在他脸上。

“走了。”明礼手抄裤兜，转身就走。

简意觉得他是怕被她泼一脸酒，所以才走这么急。算识相的。

明礼推开包厢门，屋里所有人的视线全都集中在他脸上。他摸了把脸：“我脸上有钱？”

陆天枪蹲在沙发上，一脸看好戏的表情：“老大，我们正在玩一个游戏，许瑶输了，她打赌说下一个进包厢的人，不管是谁，不论是男是女，她都要和那人接吻。”

“所以？”明礼瞧向沙发一角的许瑶，许瑶满脸通红垂下眼眸。

陆天枪伸长脖子：“所以，你要和她接吻啊。”

其他人跟着起哄。

明礼舌头顶着腮帮，脸颊鼓出个包，他站在门口扫了一圈屋内众人，笑了下：“你们不就是想看我和女人亲嘴，你们等着。”

他关上门走了出去。

屋里队员们蒙住了：“老大这是啥意思？”

陆天枪笑着说：“我赌十块钱，老大肯定是出去漱口去了，他怕嘴里的烟酒臭味熏着许瑶。”

"我跟上。许瑶好歹是咱们队的队花，那么水灵一小姑娘，老大怕以后不好意思在队里指使我们。"

"何止是队花，不光是咱们刑警队，许瑶放在市局说是第二美女，没人敢认第一，真是便宜了老大。"

"老大也是个大帅哥，好吧，不定谁占谁便宜。"

许瑶被他们说得抬不起头。屋里人正在叽叽喳喳议论的时候，包厢门被明礼撞开，他胳膊上还挂着另一个人。

简意在他胳膊上挣扎了下。

"你们瞧好了。"明礼转脸对队员们喊了一嗓子，胳膊用力一带，把简意压在门上，不给简意反应时间，嘴巴堵上了她的唇瓣。

"给个面子，帮帮忙。"明礼紧紧贴着她柔软的双唇，小声说。

像上次一样，严丝合缝，不往前进一步，显得格外的一本正经。但是，紧贴着唇瓣说话，经历过的人都知道，这一动作比舌吻还要暧昧一百倍。他真的是一本正经耍流氓！

简意紧抿双唇，挣扎着想要从他怀里溜出去，奈何明礼身躯像堵铜墙，她根本动弹不得，越是挣扎，越显得暧昧。

包厢内的人全都傻了眼。

明礼觉得亲够了，把简意打横夹在胳膊下，拉开包厢门大步走了出去。包厢内炸开了锅。

"这女的……谁啊？"

"没看清脸。"

"我觉得有点儿熟悉，好像在哪见过。"

陆天枪一脸淡定冷漠："她是'柯南他妹'。"

明礼一路走到吧台前，这才把简意放下来："小甜心，是不是很甜？我刚尝到了。"

简意又羞又恼，扬手想要甩他一巴掌，被明礼笑着反握住手：“又不是没亲过，害什么臊？”

他看着简意，舌尖舔舐着牙齿，在想，什么时候可以请她再帮个忙，大点儿的忙。

明礼正没皮没脸地在简意跟前耍着流氓，瞧见顾哲走过来，他非但没有松开简意的手，反而又握了握。

简意踉跄了下，差点儿被他的手劲带到怀里。

顾哲眯了下眼，今晚的人都一个个往他跟前送，不打都不行。

“喝一杯？”明礼看着他问。

简意扭头，顿时有种被捉奸在场的惊慌感：“顾、顾哲。”

顾哲嘴角噙着一抹淡淡的笑，向前迈了一步。

明礼背斜靠着吧台，胳膊稳稳拢着简意，以主人姿态自居，像是在宣示主权，又问了遍：“喝什么？”

顾哲缓缓抬起了胳膊。

一股寒气扑面而来，简意觉得他下一瞬就能从袖筒里抽出一把剑，她下意识抬手挡了下：“顾哲，这位是市局的明队，你们以前见过的，我和他刚刚碰见。”

顾哲看到她这个抬手的动作，眼底浮出一丝颓色。他瞬即敛起所有情绪，礼貌地冲明礼点了点头，抬起的胳膊朝向吧台里的调酒师，优雅地打了个响指：“来包湿巾。”

调酒师递给他一包湿巾，顾哲拿过来搁在简意面前，修长的手指在湿巾上轻轻点了点，这才偏头看向明礼，浅笑着问：“酒，有什么推荐吗？”

彬彬有礼，十分友好。

“简意刚喝的‘小甜心’。”明礼睨了眼简意，待他觉得简意下一秒就能跳起来抠掉他眼珠的时候，他这才松开她，侧身看向吧台的酒柜，“第三排左边第二瓶酒，看着洋气，和你挺配。”

看着洋气，和你挺配。调酒师扯着的嘴角僵住了。

顾哲抬腿坐在高脚凳上，胳膊肘懒懒撑在吧台上，微微颔首：“那就来这瓶。”

调酒师硬撑着嘴角把那瓶很洋气的酒取过来，倒了一杯。

明礼端起简意那杯本来盛“小甜心”的空酒杯，举到调酒师面前，说：“给我也来一杯，我要尝尝洋气的酒。”

调酒师好意提醒：“要不要给你换个杯子？”

明礼：“不用，我就喜欢这个杯子。”

调酒师闭上嘴，默默给他倒了杯酒。

简意本来在两个人中间站着，现在得了空，她赶紧走到顾哲左侧，远离明礼。顾哲半睁着一双桃花眼看了看刚才那包湿巾，再漫不经心地瞟了简意一眼。

简意抿了下唇，伸手过去把湿巾够过来拆开，里里外外仔仔细细擦了擦刚被明礼抓过的手。

明礼斜眼看着她擦手，如果不是中间碍着个顾哲，他真能把手盖到简意脸上摸一把。

顾哲慢条斯理地喝了口酒，稍稍蹙了下眉，这个洋酒不是一般的冲。没喝过的人，直接一杯倒都有可能。

明礼大咧咧靠着吧台，端起酒杯来了个一口闷，睫毛都没眨一下。

顾哲嘴角挂着淡笑：“明队好酒量。”

明礼把空酒杯往吧台上一搁，吧唧了下嘴：“这什么玩意儿，刷锅水吧，而且锅里还是朝天椒。”

顾哲笑笑刚要开口，酒吧门口一阵骚动，几个穿白大褂的人抬着担架小跑着去洗手间方向。

简意刚擦好手，这一幕使她立刻警觉起来，她站起来往前走了两步："出什么事了？"

顾哲转着手里的酒杯没说话，明礼瞧了他一眼，站着没动。

顾哲手撑着太阳穴，慢悠悠说："警察同志，不去看看？"

明礼背靠着吧台，略微歪了歪身体靠近他的方向，目光锐利："顾兄貌似很熟悉人体构造。"

顾哲挑了下眼角。

明礼看着他，压低声音又道："比如，第七根肋骨。"

顾哲撑着脑袋轻声笑了下，向他举了举酒杯，喝了一口酒，两人心照不宣。明礼手肘撑在吧台上直起了身，视线从顾哲脸上收回落在酒吧门口，120急救人员抬着担架从洗手间出来走出酒吧。担架上躺着一个体壮的男人。

李思录案子结了后，明礼抽空查了去年简意暗访被打断肋骨的原委，结合简意当天的言辞，很快揪出了湖城电视台新闻组制片人齐博闻，以及齐博闻三个多月前被人揍进医院的事情，好巧不巧，齐博闻断的那根肋骨和简意去年断裂的地方分毫不差。

明礼本来就怀疑是顾哲，现在顾哲前脚从洗手间出来，后脚就从里面抬出来个半死不活的人。至此，他无比肯定，三个多月前把齐博闻揍进医院里的人是顾哲。

简意看过热闹，皱着眉头走过来，她看了眼明礼，躲开他绕到顾哲左侧，幽幽道："担架上那个人是洛洛的经纪人。顾哲……"

简意欲言又止。

洛洛经纪人，电视台还原摆拍那天，简意的手腕就是被他掰伤的。

明礼快速提取信息，问：“手腕断了？”

简意咬着唇没说话，顾哲再喝了口酒。一时沉默。明礼眯缝了下眼，他有种直觉，他早晚要和顾哲打一架。

简意要了杯酒，此时此刻，她不仅肯定牛皓是被顾哲揍成这样，她还确定明礼知晓了这件事。她突然就明白了顾哲为什么不待见明礼，让她离明礼远点了。

她偷偷看了眼明礼，他正斜靠着吧台，掌心转着一个打火机，动作看似漫不经心，实则力度把控很好。

简意总感觉他要拿着打火机去引爆炸弹。

明礼沉默不笑面无表情的时候，全身上下没有一丝一毫的痞气，更多的是一股凛然之气。他稍稍扬下眉或者抬下眼，就会多出一丝肃杀之气。

总之，在简意看来，他这号人物，不是她能招惹得起的。但是，他和自己单独在一起相处时，却总让她觉得处处都能招惹。

明礼迎上简意的目光，抬了抬下巴，痞气扑面而来。简意垂眸。

顾哲坐在两人中间，慢慢喝尽杯子里剩下的酒。他耷拉着眼皮，漫不经心地把玩着手里的空酒杯。明礼有意隔着顾哲去逗简意。

顾哲掀开眼皮，斜了眼明礼。

明礼把烟盒撂到他跟前：“来一根？”

顾哲用酒杯底轻轻把烟盒从眼前拨走：“我不抽烟。”

明礼拢手点着烟，把烟盒塞回裤兜里，他长吸了口烟，对着顾哲挑眉：“打一架？”

顾哲嘴角始终挂着抹疏离的笑，一脸的无害：“打架不好。”

明礼胸口堵了一团火。

顾哲放下酒杯站起来，头歪向简意："饿了，我回去接着吃饭，你随意。"

简意哪里敢随意，她立马起身："我也回。"

明礼不假思索地抬起胳膊在简意头顶抓了把，他眯着眼痞笑："谢谢你今晚帮我的那个忙，很甜。"

简意不敢停留，缩着脖子往前走。

顾哲手抄着裤兜，偏头看向明礼，语调散漫地说："约个时间吧。"

明礼："干啥？"

顾哲："干架。"

"不如现在？"明礼嚣张地笑，"我怕你吃饱了会吐出来。"

"吃过烟吗？"顾哲扭了下脖子，脖子咯吱响了两声。

明礼："啊？"

顾哲往前走了一步："你嘴里的烟我看着很不爽。"

明礼站着没动："所以？"

顾哲抬手。调酒师默默站在吧台后，他觉得此时此刻的画外音应该配的是：吃去吧您！

"老大。"陆天枪跑过来，"陈局让你接电话。"

顾哲的手贴着明礼嘴里的烟头蹭过去，他把手抄回裤兜，冲明礼客气地笑了下："你先忙。"

明礼看着他的背影："闷骚。"

我就不信刚才烟头没烫着你的手。

第八章

顾哲走回包厢坐下，拿起桌上的湿巾撕开捂在手心凉了凉。

简意咬了下唇，做错了事一样向他解释：“你出去那么久没有回来，我出去找你，在吧台恰巧碰到了他。他们队里今晚在这里聚餐，我事先不知道。”

顾哲丢开手里的湿巾，笑出声：“你解释什么？他又不是麻风病人，和他在一起又不能怎样。”

“你不是不想让我和他走太近？”简意撇了撇嘴，小声嘀咕。

顾哲瞧着她：“那你想吗？”

简意：“我……”

“我觉得，”顾哲打断她，“你该恋爱了。你再不找个男人，简爸简妈就会摁着你的头让你去相亲。简妈昨天在微信群里发了一个清单，我数了数，上面整整十二个男人，正好一打，什么公司主管、银行职员、学校教师、医生、公务员，什么样的人都有。”

简意皱眉从兜里摸出手机：“微信群里，我怎么不知道？”

“家庭群。”顾哲笑，“简爸简妈还有我，我们仨的家庭群。”

“这种事情就不要说出来了吧，伤人。”

“你别以为我不知道你和老爷子他们也有一个小群。”

简意讪笑：“是顾叔叔拉我进的群，他不让我告诉你。其实就是个死群，半年都没人吱声，逢年过节的时候顾叔叔出来发几个红包。他不发话没人敢抢，一般都是他指定谁领谁才能领，领完红包还要说谢谢。”

“估计在研究红包上的小数点，辛苦坏了。”顾哲乐了。

简意也跟着乐，乐完之后想起前段时间，明礼黑她手机里红包神器这档子事，于是她把手机拿给顾哲：“手机里的抢红包神器被人黑了，你帮我看看。”

顾哲接过手机，随口问：“谁黑的？”

简意咬着唇没吭声。顾哲瞧她一眼，知道了是明礼。

“昨天在群里聊你终身大事来着，他们说要给你找个和我各方面相反的人。”顾哲眼睛盯着手机屏幕，余光瞥向简意，拖长调慢悠悠说，“和高颜值多金有才相反的？嗯哼，满大街都是这样的男人。”

简意弯着眉梢说：“我听出来了，他们这是变着法地来表达对我俩的不满。我在家的时候他们也常念叨，你将来的女朋友绝对绝对不能和我有一丝半毫的相似。”

顾哲蹙了下眉，须臾，他佯装吊儿郎当说：“他们这个态度，我一度怀疑我就是你亲哥，生怕我们在一起乱了伦理。”

“你不就是我哥？”简意盘腿坐沙发上，“哎，说起这个，顾叔叔说你配不上我。”

“巧了嘛这不是，简妈也说你配不上我。”顾哲慢悠悠说着，拿手机在她眼前晃了下，笑，“你和明礼什么情况？”

“你偷看我微信。”

“没偷看，光明正大当着你的面看的。”

简意把头发别到耳后：“那个，还是李思录的案子，牵涉到在医学院读书的殷文秀，后来我去医学院时刚好碰到他，因为案子的事情联系了几次。然后前两天，他去家里拿殷文秀的照片，正巧浴室淋浴头坏了，他帮忙给修了下。”

“我觉得简爸简妈应该喜欢他这样的，你要不想相亲就和他谈恋爱试试。”顾哲笑着说，“要不要我替你查查他什么来头？譬如情史什么的。”

简意沉默了会儿：“我没有要和他谈。”

顾哲看着她泛红的耳尖，敛起唇角的笑，跟着她沉默了会儿，说：“你还是谈一次恋爱试试吧，感情史一直空白以后容易被男人骗。”还会分不清亲情和爱情。

“纵观你身边曾出现过的所有男人，还就明礼综合条件最好，就拿他来练练手。”顾哲劝道，“他是警察也没关系，我又不是中二少年，还天天跟警察对着干。”

简意蹙眉问他：“顾哲，刚刚洛洛经纪人牛皓是不是和你有关系？”

“哦。”顾哲干脆道。

“你为什么打他？就因为他掰伤了我的手腕？”

“我等着他再来找我，今天没过瘾。”顾哲把手机还给简意，“他就算是要报案，不是还有明礼？”

简意咬着拇指肚看顾哲：“顾哲，电视台的制片人齐博闻三个多月前被人打断了一根肋骨，是不是你？”

“谁？不认识。”顾哲面不改色道。

简意啃着拇指肚继续盯着他。

顾哲伸手打掉她的手："约法三章。"

简意撇了撇嘴，转移了视线。她和顾哲两人的约法三章，其中一条就是——简意学来的微表情心理学，不能用来研究分析他。

这么多年来，简意一直遵循守则，没有他的允许，她从来不会拿他来分析。他现在这个态度，不去观察分析也能知道，齐博闻就是他打的。简意瞬时脑补出明礼和顾哲打架的画面。大概，可能，也许是明礼赢吧。

"顾哲，"简意叫他，"你以后别再去打架了，爸妈知道你因为我去打架会骂死我的。"

顾哲开了瓶啤酒，看着她笑："你怕我和明礼打架？"

"本来是想要和他打一架，但是，"顾哲喝了口酒笑，"你和他谈恋爱，我就是他哥。"

简意当晚几乎没怎么睡，她一直在思考顾哲那句话——试试和明礼谈场恋爱。

她躺在床上仔仔细细回忆着认识明礼以来的点滴，辗转难眠，嘴唇上似乎还有他残留的温度。他下巴上的胡楂扎着她的嘴巴，其实这种痒痒的触觉很舒服。

简意掌心盖在嘴巴上，突然生出一股羞耻感。

他总是出其不意突然拎她起来，被他挂在胳膊上的时候，虽然觉得羞怒，但内心是踏实的，看见他就有种安全感。

简意迷迷糊糊刚睡着，就被张斐然的电话轰炸醒。张斐然在电话里说，昨晚莫小茹微博直播的事情闹得沸沸扬扬，霸占了一夜的微博头条，现在热度还没下去，韩冲昨晚一宿没睡在蹲莫小茹，现在顶不住了，让简意过去接替他。

“他一夜没睡，我也是一夜没睡。”简意嘟囔，“张头儿，我的假还没用完。”

张斐然说：“周刊今天能派出去的人都派完了，莫小茹这条线属于意外突发事件，你今天先去蹲她一天，明天休息。”

“可是……”

“没有可是，就这么定了。”张斐然不容拒绝地挂了电话。

简意艰难地从床上爬起来，简单洗漱了下，按照韩冲发给她的微信定位打车前去接替他。定位是在湖畔别苑，闻名湖城的明星家园，房子均价十万一平方米。

简意纳闷，莫小茹一个网红这么能挣钱？居然在湖畔别苑买了房子。资料里显示，莫小茹今年才十九岁，简意一路感慨着出名要趁早，挣钱要趁早。

出租车进不去小区，住户必须要刷卡才能进，简意报上韩冲发过来的门牌号，说是和业主约好今天来看房的，保安不放行，非让业主出来接。最后还是韩冲以房屋中介的身份把她领了进去。

“你也真是死脑筋，不会说自己是这里的住户？”韩冲黑着眼圈取笑她，“看你样子给你个门牌号你也摸不到地方，我把你送到地方再走。”

简意啃了一口包子：“莫小茹住在这种地方？好有钱。”

“她当然不住在这里，不过有网友爆料，说昨晚看到一个疑似莫小茹的人来到湖畔别苑，走进C栋十二户后就没再出来。这房子的户主你猜是谁。”

“谁？”简意漫不经心问。

“肖广平，歌坛重量级歌手，漫天星娱乐公司大股东。”韩冲一脸亢奋地说。

简意嘴里叼着包子突然闪身躲进路旁的灌木丛里，职业习惯使然，韩冲不问缘由，跟着她也猫腰躲进去，蹲在地上就开始掏相机：“谁？是不是莫小茹出来了？”

简意蹲在地上没说话。韩冲顺着她的视线望过去——B 栋八户门口立着一个身躯高大的男人，寸头，普通穿着，嘴里叼着一根油条，双手按着裤腰系皮带。体格一看就是个保镖。

站在门口对着空旷的草坪系皮带，画风清奇。

“这谁家保镖？怎么跟土狗一样，在草坪上撒尿了？”韩冲皱眉一脸嫌弃，“这住的谁？这要是被主人看见了，下一秒就能把他开除。”

简意鼓着眼睛不说话。

“哎！那不是那谁吗！”韩冲激动地语无伦次，他干脆趴在地上调好相机一通拍，“简意，赶紧录起来，莫小茹没她重要，这位可是娱乐圈内的神秘女王。”

李灿，圈内话题度一直很高，长相冷艳，演技差，耍大牌，脾气臭，接戏挑三拣四，从不接吻戏和打戏，资源却好到爆。出道三年以来一共拍了三部戏，每部戏都担当女主角，和她搭戏的男主角全是演技派的。李灿演技本就差，在演技帝的衬托下，更是被秒成渣子。饶是有“影帝”撑场，每次她参演的电影票房都很惨淡。她也因此被封为票房毒药，但是奈何人家资源就是好。

传闻她刚接了圈内金牌导演的女一，这次和她搭戏的不仅有圈内口碑甚好的男演员，还有好莱坞的一个重量级男星。网友一直在猜测李灿的背景和她背后金主，娱记也一直在跟她，但是至今没有查出她的来历。

“原来李灿住在这里，今天的头条有了。”韩冲趴在地上把镜头拉到最近，“哎，那个保镖怎么看起来不把她当回事的样子？我看口型好像是在骂她。”

简意终于把包子咽进肚子里，跟着韩冲一起趴在地上录视频。明礼怎么在这里？来查案？可是看他的样子，不太像。

两人站着说了一会儿话，明礼离开，李灿等在原地。三分钟后，视野里出现那辆再熟悉不过的铁疙瘩吉普车，在高档别墅群里异常的突兀。吉普车停在李灿跟前，李灿拉开副驾驶门坐了进去。

“那男的是谁？李灿的保镖还是司机？看着又不太像。”韩冲看着远去的吉普车屁股，皱眉说，“该不会是传闻中的金主吧，这位金主画风清奇，八成是个煤老板暴发户，或者拆迁户。怪不得李灿背景扒不出来，我猜是她怕说出去丢人吧。”

“简意，你说呢？”韩冲坐起来检查刚才拍的照片，“不过说实话，拉近了看，这男的还挺帅。李灿什么人物，人前永远一副高高在上端着一副架子，刚才在他跟前，唯唯诺诺的，好像很怕他的样子。”

简意看着手机里刚拍来的视频，明礼抬手拽了一下李灿的头发——拽了一下她的头发——拽她的头发。动作这么亲密，不可能是在查案。他和李灿会是什么关系？

大早上，嘴里叼着油条，吉普车是从车库里开出来的，也就是说，极有可能，他昨晚在这里过的夜。他昨晚在酒吧里勾搭上了李灿？如果李灿在昨晚那家酒吧的话，这种几率相当大。

韩冲坐在地上挑选能用的照片和视频。简意在网上找来一张李灿的照片发给顾哲，问他昨晚在酒吧见没见过她。顾哲没有回，估计是还在睡觉，简意拿着手机发愣。

韩冲挑选好照片发给张斐然，把简意送到C栋，又交代了她几句，就回家补觉去了。十二户斜对面有个大喷泉，简意坐在喷泉旁的凉亭里继续发愣。

顾哲一副刚睡醒的口吻，微信语音问简意要干什么。

简意有种抓住救命稻草的感觉："我有用，你能不能查查李灿昨晚在不在小湖弯弯。"

顾哲无奈叹气："好吧，祖宗，你等我起床醒醒。"

半个小时后，"李灿神秘男友曝光"登上了微博热搜头条，简意点进去。图文并茂，照片和视频都很清晰，周刊这则八卦下面的评论瞬间飙升过万。

简意刷了会儿评论，再退回到微博首页的时候，发现李灿的名字已经下了热搜。明明热度还在攀升，评论和阅读量一直在增加。简意瞬间明白，这是花钱撤了热搜。

就在网友纷纷臆测、感慨的时候，已找不到了周刊这条微博。简意给张斐然微信，问她李灿那条八卦怎么没了。

张斐然回："官博被禁言三天，不过没有封号，有关李灿的八卦你个人的账号最好也不要发。你今天蹲莫小茹，明天休息，不要偷懒！"

简意看了眼房子大门，依旧没见有人从里面出来。

手机通知栏进来一条顾哲的消息："昨晚咱们走了以后，李灿确实去了小湖弯弯。你是不是看了刚才的微博热搜？我去查查李灿什么来头。"

李灿昨晚确实去了小湖弯弯，她和明礼……简意眼神涣散地盯着C栋，明礼的脸浮在她眼前，她像是吞了一个柠檬。昨晚刚亲过，一口一个小甜心。没准他昨晚也送了李灿一杯"小甜心"。

凭良心讲，李灿是比她漂亮多了。

简意老老实实在C栋这蹲了一天，依旧没有见着莫小茹。甭说是莫小茹，就连里面的保姆也没有出来去买个菜。简意怀疑这幢楼是个空宅，她给韩冲发微信抱怨，韩冲让她顶不住就收工，说没准网友提供的是假情报。

接连被人当猴耍，简意一天都是丧气满满，回到家后泡了个热水澡睡觉。第二天自己一个人在家安安静静宅了一整天，顾哲没给她消息，明礼也没有在微信三人群里发红包。如果不是能正常上网、刷微博朋友圈，她还以为自己手机坏了。

晚上的时候，她甚至给手机充了一百块钱话费又重启开机了两次，依旧没人联系她。简意百无聊赖地刷了会儿微博，点开莫小茹突然中断的微博直播视频。这个视频只有九分钟，她白天蹲莫小茹的时候无聊，来来回回看了好几遍，没有发现什么异常，倒是跟着她学会了不少化妆技巧。

莫小茹当初凭着惊人的化妆术一夜之间火遍全网，从此以后，她就在某网络平台直播化妆，有时也会在微博直播，很快晋升为微博大V，被封为网红一姐。她红了以后，没有签任何经纪公司，都是自己单独接化妆品之类的广告，也挺赚钱，在网红圈算是混得风生水起。

莫小茹长相中等偏上，脸盘有点儿大，但是贵在纯天然没有整过容，加上她鬼斧神工的化妆技巧，妆后颜值能和明星脸媲美。正是这个原因，她吸引了好多路人粉，每天跟着她学化妆技巧。

直播视频里，莫小茹素颜，开头惯常和大家打招呼，介绍了下今天化的是韩国女团妆。然后废话不多说，水乳、精华、粉底依次涂抹好，拿着款遮瑕笔在眼底涂了几下，左右眼分明，黑眼圈遮瑕效果极好。

有网友弹幕问遮瑕笔的牌子和色号，莫小茹边化妆边打广告介绍。简意拿镜子看了看自己的黑眼圈，蠢蠢欲动也想要入手一支。

直播前八分钟莫小茹边和网友互动边化妆，一切正常。第八分钟开始，她右边眉毛刚画到一半，突然凄厉尖叫了一声，对着镜头惊恐地说了句："有人要杀我。"

眼妆妆感本来就有点儿重，莫小茹又把双眼瞪到最大，离镜头近到不能再近，面部略狰狞，显得异常可怖。讲真，简意虽然看了好多遍这条视频，脑子里已经有了对这一幕的预警，但是再突然看到这个画面时，她心里还是咯噔了一下，总是害怕莫小茹会像贞子一样从屏幕里爬出来。

莫小茹右手拿着眉笔盯着镜头呆了十多秒，然后她缓缓向左后方扭头，镜头对准她右半边画到一半的眉毛，十分诡异惊悚。

"不要过来，啊！"

镜头突然一黑，直播中断。

简意把视频倒回暂停，莫小茹扭头看的那个方向好像是门口，但是她的脸几乎遮住了整个镜头，时间又太短，根本看不到门口到底有没有人进来。

微博热度依旧不减，莫小茹的名字在热搜上待了一天一夜。自直播突然中断后，她的微博一直安静，没再更新过，也没有给担心她安危的网友报平安。

简意点开评论，点赞数最多的一条热评说她已经报过警，警察正在调查中，鉴于警局电话昨晚占线的情况，该网友呼吁粉丝不要再重复打电话报警，占用正常接警资源增加警察工作量。

名为“平安湖城”的账号转发了该条微博和评论，声称湖城警方正在调查此事，如有进展，会第一时间向网友公布。

真的有危险？可是网友爆料给周刊的照片，背影看确实是莫小茹，拎着化妆包神色匆匆地走进湖畔别苑的C栋十二户。明礼昨晚也是在湖畔别苑过的夜。

简意本来是想转移注意力，没承想转来转去，最后还是转到了明礼头上，她想骂人。顾哲依旧没有发来任何消息，不会是去找明礼打架了吧？

简意连忙给顾哲打电话，顾哲倒是很快就接了电话。电话那头声音嘈杂，简意问他在哪里，他说在酒吧里，还问她要不要去。听不出来刚打过架或者正要去打架的样子，但是他就算真打了架也不会让她听出来。

简意想了想，直接问：“顾哲，你没有去找明礼打架吧？”

顾哲在电话那头笑：“你想让我揍他一顿？”

简意解释：“不是，我是怕你去找他。他并没有把我怎么样，你去找他只会让别人笑话我。”

“哦，知道。”顾哲沉默了一会儿，说，“李灿的来头我正在查，就快有眉目了，查出来我就告诉你。”

“其实不用查，查出来周刊也发不了，今天的热搜上了不到二十分钟就撤了，而且周刊官博被禁言了三天。如果再发，说不定就要被封号。”

“行，你说查就查，不查就不查。”顾哲对着一帮狐朋狗友说了句“就来”，再把电话放到耳边，“不跟你说了，别耽误我。”随即挂了电话。

简意不放心，又给他发了条微信，叮嘱他不要去找明礼麻烦，她没有要和他谈恋爱，他和谁在一起都与她无关。顾哲可能在忙着喝酒玩，一直没有回她。

简意拿着手机继续刷微博，平安湖城更新了一条微博，说警方已经联系到莫小茹，她平安无事在家里，并澄清说经警方调查，没有人要追杀她，一切都是误会。

莫小茹随后也发了条微博。

莫小茹：对不起让各位小仙女担心了，我昨晚只是受到了惊吓（其实我不想说是昨晚直播前我刚看了个鬼片）。直播时在镜头里看到的那个黑影，是卫生间里挂着的浴巾掉下来了，我以后再也不会单独一个人找死看鬼片。我已经接受了警察蜀黍的严厉批评教育，再次向警察蜀黍致谢致歉，保证不会再犯此类错误。同时，也向各位小仙女致歉致谢，抱歉让你们担心，谢谢为我安危考虑，下次直播另行通知。最近两天应该不会再有直播，我现在对镜头还有阴影，感恩。

此微博一出，评论两边倒，部分粉丝说安全就好，另外一部分粉丝指责莫小茹无底线、炒作、溜粉，是个戏精。

既然此事已尘埃落定，简意觉得明天不用再跟进莫小茹，刚撂下手机准备睡觉，张斐然打电话让她明天一早去采访莫小茹，说是好几家媒体都想趁着这个流量热度去采访莫小茹。莫小茹推了所有媒体的采访，最后接受了湖城娱乐周刊的邀约，并点名简意。

自李思录事件后，简意的名气在圈内渐大，吃瓜网友们天天在周刊官博下呼唤简意，甚至有人表示要花重金请简意去蹲点她家爱豆的死对头。网友们谈及她像打了鸡血一样亢奋，明星们则对她避之不及，极度忌讳，圈内都兴迷信这一套，万一简意真是“柯南”附体，蹲谁谁死，谁受得了。

简意纳闷莫小茹为什么点名让她去采访，张斐然说八成是看上了她的“名声”，现在李思录事件的热度还没下去，莫小茹可能是想蹭一蹭最后的流量。

简意拿着相机赶到她家，莫小茹开头第一句话就是：“你就是爆出李思录丑闻的那个记者？”

果然如此，简意并不想别人提到自己的名字，后面直接带出来“李思录丑闻”这五个大字。

“是我。”简意礼貌微笑地递上自己的名片，“你可以直接叫我简意。”

莫小茹接过名片，蹙眉看着简意，又问道：“你爆出来李思录丑闻，就没人找你麻烦？”

有关这种问题简意这几天听得多了，不少网友在网上也表露过这种担心，简意想也没想，程序化地说：“谢谢关心，要找麻烦也是警察来找我麻烦。”

莫小茹笑了下：“是啊，死人是找不了麻烦的。”

简意调试着相机，借着这个话题，说：“我看你微博了，你说直播前看了个鬼片，你真觉得这个世界上有鬼？”

莫小茹无甚表情地说：“信则有，不信则无。”

“那你信吗？”

“说不准。”

“你看的什么鬼片？我平时也会看。”

“我忘记名字了。”

简意实在是聊不下去。

简意：“我先给你拍几张照片吧。”

“不急。”莫小茹转身去茶几前，拿起热水壶倒了杯水，“我补下妆，会很快。”

简意惊讶地看着她，莫小茹今天的妆容虽然精致，但是近距离看，可以看出来粉涂得很厚，像是在脸上挂了张精致的人皮面具，就这样还补妆？

莫小茹像是瞧出她的疑惑，笑着说：“腮红我不太满意，我在你面前补，你不介意吧？”

“不介意。”简意放下相机，端起水杯喝了口水，“我正好可以跟着你学学，昨晚我在家里看你以前的那些化妆教学视频，我觉得很实用。我天天出去跟拍，经常日夜颠倒就会有黑眼圈，你有推荐的遮瑕笔吗？”

由着这个问题，简意与莫小茹很快熟络起来，本来她补个腮红只需要两分钟，但是她化妆兴致突然来了，看简意是素颜，就给简意化了个淡妆，最后还送了简意一款遮瑕笔。

聊熟了后，莫小茹说话没有了刚开始的戒备，她甚至无意识地向简意透露，前晚的微博直播事件，其实是她有意炒作。

简意给她拍了照，问了些征集的网友们想知道的问题，收拾好摄影包出门。

莫小茹送她到门口，关门的时候，她突然问：“有关李思录，警察真的没有找过你麻烦？”

简意怔了怔，摇头。

“你别想太多，我就是随便问问，我是因为前晚的直播，昨天被警察训怕了。”莫小茹倚着门框叹了口气，“哎，现在这年头啊……他们没找你麻烦，是因为有人给你撑腰吧？”

“你才多大。”简意本来想说，你才多大，怎么会有这种想法，但是转念一想，她十九岁不读书就出来做网络直播，想来经历也不会少，见识过一定的社会冷暖，她再说些不痛不痒的话也没什么用，于是，笑了笑，“其实也不是，主要是李思录这个性质太过恶劣。”

莫小茹看着简意：“我们加个微信吧。”

简意莫名松了一口气：“好。”

两人扫码互加了微信。

简意走出门外，又问了句：“小茹，昨晚直播时真没事吧？”

莫小茹笑着摇了摇头：“真没有。”

简意：“以后不要拿这种事情开玩笑，流量是一时有了，但是挺吓人的。”

莫小茹笑笑：“谢谢，娱乐圈的福尔摩斯。”

这次微博直播风波过去后，只间隔了一天，莫小茹就又开通了微博直播，依旧是教大家化妆，依旧是画到一半时突然露出惊恐的表情，依旧说有人要杀她。

直播中断前，她说的最后一句话是：“我这次绝对没有开玩笑，一定要相信我。”

简意当时正和韩冲在片场采访一个群演，不知道直播的事情，但是她收到了莫小茹的一条文字微信：“帮帮我。”

简意当即回了条语音，问她怎么了，莫小茹没有回。简意怕她是不方便听语音，就又很体贴地发了条文字过去，但是莫小茹一直没有回。

简意忙完采访，回去的路上刷微博，看见莫小茹的名字再一次上了热搜。她疑惑地点进去，看到了莫小茹进行到一半的直播，和上一次的套路一模一样。

这条微博下面的评论几乎全是在骂莫小茹——炒作要有个限

度、戏剧电影学院毕业的戏精、想去警局喝茶想疯了……

就算是有几个为她说话的粉丝，也很快被骂她的评论刷下去。

简意看了看直播中断时间，再打开微信，比对了下莫小茹发给她微信的时间，前后隔了一个小时。莫小茹依旧没有回微信，简意给张斐然打电话要来她的电话号码，打过去时，对方已关机。

自此以后，莫小茹再没出现在众人视野里，警方正式立案，介入调查。

简意一直不明白，如果莫小茹真的遇到了人身危险，为什么给她发微信？

“帮帮我”，帮什么？她一个娱记能帮得上什么？

莫小茹最后跟她说的一句话是：“谢谢，娱乐圈的福尔摩斯。”莫小茹那天问她揭露李思录丑闻，警察找没找她麻烦，小茹还说现在的社会办什么事都要有后台。

简意心中一悸——莫小茹想借她之口揭露娱乐圈某件丑闻。这个丑闻牵扯到的人有后台，后台之大，是她一个网红动不了的。

莫小茹不报警，目前来说，最大的可能是这件丑闻构不成刑事案件。

简意很想问问陆天枪，莫小茹这次“失踪”案件归不归市局管，但是问陆天枪，等同于问明礼。

绕来绕去，又绕到了明礼头上。

莫小茹一直没有音信，简意主动向张斐然请示去蹲莫小茹，为了方便行事，她特意穿了一身黑色连帽衫运动服。

因顾哲对各类门锁有研究，自上次被明礼当着面撬了家门锁后，顾哲简单教给简意识别门锁被撬过的方法。以简意目前仅有的知识来看，莫小茹家门被撬过。

简意在莫小茹家门口犹豫了下，掏出手机对着门锁拍了照，正要离开，听到电梯提示音响，随之走廊里有沉稳的脚步声，听声音是朝着这个方向过来的。她一个激灵，把手机塞回到兜里，戴上连帽衫的帽子，怀抱着相机贴着墙根飞速溜到楼梯口，没命地往下奔。

走廊里脚步声的主人注意到这边的动静，紧跟在她后面追。好在莫小茹家在四楼，楼梯台阶宽大坡度比较小，简意使出毕生力气一步三个台阶往下跑，愣是把台阶当成了平地用。

她边跑边想起某部电影里男主角陪着女主角买戒指，女主角被大钻戒感动，矛盾挣扎后，告诉男主角有人要杀他，男主角也是这样跑着下楼的。楼梯当滑梯，飞一般的速度。

原来自己也可以跑出这种效果。原来人的极限真的可以被拓展开发出来，这句话是谁说的来着？明礼，又是明礼。

简意刚跑出楼梯口，就被身后的人追上一把抓起来抡在墙上。

简意后背磕着墙，眼里带着泪花瞪着把她抡在墙上的人，骂了句脏话。

明礼看清他拎起来的是简意时，尽管右手收回了七成力，惯性使然，剩下三成力还是把她甩在了墙上。

“傻子吗你？穿成这个鬼样，还跑，跑什么跑！”明礼把她从墙上放下来，开口就骂。

明礼前几天出差不在湖城，今天刚回来，本来明天才正式上班，但是他闲不住，就自己一个人过来莫小茹家里看看。结果刚出电梯，他就看到一个黑影鬼鬼祟祟地从莫小茹家门口溜走，简直比兔子还快。此地无银三百两的典型。

“你还真是‘柯南’附体，蹲谁谁出事。”明礼抱着简意不撒手，“哪天你蹲我试试？”

简意在他怀里越挣扎，越被他抱得紧。

“别瞎折腾，待会儿再折腾出个脑震荡来，变傻了还怎么跟我一起破案？”明礼板着脸训她，硬是从停车场一路公主抱她到医院大厅。

“谁要跟你一起破案！”简意吼道。

“好好好，你好看你说了算。”明礼笑。

简意气得脑袋疼。

“甭吼了，再吼信不信我现在就堵住你的嘴？”明礼说着一张脸就贴过来。

简意立马闭嘴，心里在盘算着今天这个账怎么算，一定要让顾哲替她打回来！

他们去的这家医院，仪器设备世界前沿，医护人员在国内也是一流，各科室主治医生个个是行家里手。内科略逊于外科，但还是超越国内各大医院不止一个台阶，当然，费用更是高了不止一个档次。

简意第一个念头，这么舍得花钱？明礼抱着简意还没走进大厅，就有专门的引导员推着轮椅过来。

明礼依旧抱着简意不撒手：“有我在用不着这玩意儿，我就是她的轮椅。”

一个满头银发身着白大褂的老者急匆匆迎过来，被明礼的眼神制止住。老者会意，止住脚步向明礼点了点头。引导员见简意没受什么明显的外伤，倒是没说什么，冲他们礼貌笑笑，简单询问过病情后，一路引着他们去了神经科，先给脑袋做检查。

刚被明礼抡到墙上的时候，简意的确耳鸣，脑袋蒙了好一会儿。不过毕竟没磕着头，一路过来脑袋早就没了什么感觉，她自觉没什么大碍，就算是血涌上头喘不上气，也是被明礼给气的。

明礼浑然不自知，强烈要求全身检查一项都不能漏下，进行到最后的时候，简意觉得自己根本就是在做婚检。明礼一直陪在她身边，检查私密项目时，他也要凑过去，简意气得想拿针管戳瞎他的眼。

一通检查下来，简意全身上下没有毛病，只是被抡在墙上时后背顶着墙，脊背有一片淤青，已经涂药处理过，遵医嘱静养两天就行。简意被安排在一间豪华套房里说是留院观察，看是否有轻微脑震荡。她虽然不是土包子，但是这样豪华的病房还是第一次住，如果不是跟前杵着个明礼，她还挺乐意在这里多住几天。

被他抡在墙上的气早已消除，就算是换个别的警察，估计也会这样做。想来想去，就是气他刚和李灿过了夜又装作没事人一样来关心她。好几次想问他那夜和李灿的事情，就算没有立场问，装作八卦李灿旁敲侧击也不是不可，但是简意能预感到他会怎么给挡回来，且挡回来的时候，还会顺带着在她身上耍一回流氓。

检查身体的时候，简意偷看过他好几次，想从他的神态举止表情里分析点什么出来，但是每次都被他逮个正着，她哪里还敢再看？看一眼，眼睛仿佛是碰上辣椒，从视网膜辣到后脑勺。迄今为止，除了顾哲，明礼是第二个她不敢分析研究的人。她不分析顾哲是因为和他有约法三章，她尊重他的意愿，而她不分析明礼，则纯粹是因为他是个流氓！

医生和护士一走，简意就从床上下来拎着相机要走。明礼身躯铜墙铁壁一样堵在她面前，就是不让她走出病房一步。

“我还有工作要做。”简意冷脸，“就算有脑震荡，我也不会赖上你，你请放心。”

“我说过，”明礼睨着她笑，“你可以赖。”

简意有些不耐烦。

“你要气不过，你也抡我一回。”明礼再说，“抡不动的话，我站着不动，这屋里随便什么东西，你拿起来往我身上抡。”

“请你让开。”

“我不会主动让开，除非你打到我让开。”

简意攥紧拳头。

明礼抬手盖在她脑袋上，轻轻揉了揉：“追你的时候，没认出来是你，对不起。我保证以后无论你穿成什么样，我看你一眼就能把你认出来。下不为例，你就给我一次机会。”

明礼语气诡异的诚恳和温柔，简意愣是没回过神来。

“嘿，就这么跟你说吧。”明礼把她拎回床上按着她坐下，屈膝蹲在床边抬脸看她，“我看上你了，要从现在开始追你。我没有追女人的经验，如果有做得过分的地方，你指出来，我视情况看能不能改。”

简意僵住，抬眸对上他的视线。他眼睛深邃，面容认真，甚至带着点儿严肃。

不知道是不是他蹲在她面前必须要仰视，而不是惯常在头顶俯视她的缘由，此时此刻，简意觉得他身上少了往日的压迫感，有种被捧上手心的怪异感觉。

有做得过分的地方，你指出来，我视情况看能不能改。意思是不是可以理解为——你尽管指出来，我该怎样还是怎样。这算哪门子表白？

“你想考虑多久都成，我追到你开口叫我老公那一天。”明礼目光灼灼，看着她又说。

突然的拍门声音打乱两人之间凝固的空气。

“老大，你是在这里面吧？”陆天枪在门外叫。

“不在。”明礼站起来，伸手在简意头上揉了把，挨着她在床上坐下。

陆天枪推门进来：“这哪里是医院，这是迷宫吧？我按照你给我的定位，愣是绕了三圈又打听了八个护士小姐姐才找到这里。”

“嫂子好！”陆天枪看见简意，声音提高八度喊了一嗓子。

石化中的简意拎着相机腾一下站起来。

陆天枪条件反射往后蹦了一步：“老大救我。”

明礼伸手把简意拽回到床上，胳膊箍住她往怀里带，笑着安抚道：“我让他这么叫的，你要不乐意听，就让他换个称呼。”

简意满脸涨红，举着手里的相机砸了下明礼的胳膊。胳膊似铁壁，砸下去的时候，简意第一反应是去查看相机的镜头有没有坏。

明礼被简意砸了下，不恼反笑，一副贱兮兮的样子，勾得简意想再去砸他一下。

陆天枪到沙发前坐下，从兜里掏出一支笔和一个小本子，眼睛直直盯着明礼。我要跟着老大学恋爱技巧。

“老大，不是去莫小茹家吗？怎么和嫂子在医院？”

“刚去莫小茹家时碰到简意，没看清她的脸，把她当嫌疑人抡墙上了。”明礼内疚道。

陆天枪一脸鄙夷：“老大，你这人也太不厚道了，那啥，嫂子没事吧？这么好的医院，就算有事肯定咔咔两下也能治好。我刚进来的时候，以为这是豪华休养院呢。”

“我走了。”简意再次站起来。

“你又要去蹲谁？刚蹲死一个莫小茹还不够？”陆天枪口无遮拦说。

“你说什么？莫小茹死了？”简意愣住。

“啊？没，还没找到她。”陆天枪挠了挠头，“以往的办案经验告诉我，失踪超过七十二小时，幸存下来的机会极其渺茫。”

“你蹲了莫小茹几天？有关莫小茹，你都知道些什么？”明礼坐在床上看着简意，又要伸手去拉她。简意躲开。

明礼摸了下寸头，很有诚意地说：“我想听听你对莫小茹案子的分析，如果她真的是被绑架，现在有可能还活着。我们早一分钟找到她，她就能多出一分钟的希望。”

简意拎着相机走到另一张沙发前坐下：“莫小茹第一次微博直播事件后，我去采访过她，她当时……”

简意详细说了下采访莫小茹当时的情景，以及第二次微博直播事件后莫小茹发给她的那条莫名其妙的微信。明礼再一次不得不惭愧地承认，目前来看，他掌握的信息远没有简意知道的多。

“所以，你认为莫小茹不是恶意炒作，她生命真的受到了某种威胁。”明礼说。

“说是恶意炒作也不为过。”简意啃着大拇指肚蹙眉，“她两次直播视频我反反复复看了好几次，因为她没整过容，直播前半部分又都是素颜，面部表情可以当真。两次直播，她都有作秀嫌疑。”

陆天枪抓耳挠腮：“你慢点，我听不太懂，我要捋一捋。你一会儿说莫小茹不是恶意炒作，一会儿又说她就是炒作，然后还说她受到了某种威胁？怕不是她这样再三地戏弄粉丝，粉丝用键盘威胁她吧。”

“我的意思是，她直播时故意说有人要杀她，是想炒热度吸引更多人关注她，她可以趁机爆一个猛料出来。”简意解释，“至于她为什么不爆，是因为涉及的那个人背景大到她不敢随意说。”

“所以，她想借你的口，爆出她知道的那个料。”明礼看向简意。

“如果是这样，她那天为什么不把这个料直接告诉我？可能还不够信任我，但是第二次直播一个小时后，却给我发微信，让我帮帮她。”简意看了眼明礼，语气肯定道，“第二次直播后，她人身安全确实受到了威胁。”

“那她为什么不报警？”李天枪纳闷问。

“她害怕吧，或者说，她要爆料的那个人的背景太过强大？”简意推测说。

气氛一下变得有些凝重。

明礼起身径直走到简意跟前，一屁股坐她旁边的沙发扶手上。简意垂眸，装作若无其事的样子摆弄腿上的相机。

沙发这么大地方，你非要坐在这里？

简意憋着劲不去看他，过了一会儿，嗅到一股清凉的薄荷味，久违又熟悉。她忍不住抬头，瞥见明礼正在剥一颗糖——绿色手工螺丝薄荷糖。

简意最后一次吃这种糖还是在幼儿园，后来一直想要再吃，网上买了好些，全都不是记忆中的味道。

明礼手里的这颗薄荷糖，这个形状，这个包装，这个味道。简意的眼睛始终没离开这颗糖。

“最后一颗。”明礼突然说。

简意无意识地舔了下唇。

“想吃？”明礼笑着问。

简意刚要别开脸，明礼大掌箍住她的下巴，轻轻一捏，捏开她的嘴巴，不由分说把糖塞进去。

粗粝的指肚刮过她柔软的嘴唇，她的手顿时无处可放，只得搭在大腿上来回搓了几下。

明礼抬眼瞪了下对面目瞪口呆的陆天枪，如果不是这里杵了个陆天枪，他刚真敢嘴对嘴去喂简意糖。

简意嘴里含着薄荷糖，整个人都是麻的，满脑都是明礼在湖畔别苑和李灿在一起的样子。如果湖畔别苑的别墅是李灿的，那就是明礼跟着她回家过了夜；如果是他的，那就是他带李灿回家过了夜。反正他们就是在一起过了夜，她心里百般不是滋味。

明礼决定去湖畔别苑走一趟，简意强压下心里的不适，表示想要跟着一起。

“等你检查结果出来，你想怎样都行。”明礼一副等不来检查结果你就别想出去这个门的架势，“队里人正在莫小茹可能会出现的范围地毯式搜索，我过去把二十六日晚上的监控调出来。如果需要你帮忙，我会再来找你。”

“我已经好了。”简意站起来要走。

“你说了不算。”明礼把她按回床上，眼神关切地看着她，“我去看下你的检查结果。”

医护人员过来给简意检查了遍，脑袋没有脑震荡现象，身体除了后背有片淤青外，其他都无大碍。

明礼虽然没看见简意后背上的淤青，光是靠脑补想象，他也能想出个大概，自责到不行。他看着简意，好想把她揉进怀里好好抱一抱，但是念在她还没被自己追到手，除了耍流氓，没有正当理由去摸她，只能干瞪眼看着。他的手上像是长满了毛，痒到不行。

“老大，你抓着我的手了，嫂子的手在那边。”陆天枪甩开明礼的手。

明礼瞪了他一眼，嫌弃地摊开手掌在大腿上蹭了蹭。

陆天枪也跟着他蹭：“老大，你刚上厕所是不是没洗手？”

“是，没洗。”明礼迅疾地在他脸上摸了一把，“香吗？”

陆天枪“嗷”一声跳开，衣袖擦着脸向洗手间撒丫子狂奔去。

明礼骂了他一句，转身伸手去拿简意手里的相机：“这玩意儿怪沉，我替你拎着。”

简意攥着相机往后退了一步。

明礼眯了下眼：“我刚洗手了。”

简意低着头往旁边躲了躲。

“行，我再去洗一次手。”明礼等陆天枪洗过脸回来，离开时向陆天枪使眼色盯住简意，不要让她跑了。

几天没见，今天刚一见着就把她抡在了墙上，心疼不说，还不放心，不放心她不在自个儿跟前，想画个圈圈把她圈起来。几天没见来着？二十六日晚上喝过“小甜心”就没再见过，今天三十一日，其实也才过去四天。

明礼去洗手间用消毒液认认真真洗了三遍手，又是用纸擦又是烘手机烘。伸在眼前看了看，干净是干净了，但还是糙，掌心都是老茧，还有干皮死皮，这是他头一遭嫌弃自个的手。那谁，顾哲的手就挺好看，皮肤细得跟个女人一样，但是好像现在的小姑娘都喜欢他那个样的。明礼想起顾哲那张纯良无害的脸，一顿龇牙咧嘴。

他路过医院意见箱，顿了顿，走过去拿起挂在意见簿上的一支笔，咬开笔帽翻开意见簿，大笔一挥，在上面写了几个苍劲有力的大字：医院没有妇产科，差评。

他想了想，又加了一行字：明年要用。

随之离开。

那个满头银发的老者望着明礼远去的背影，戴上老花镜翻开意见簿。他盯着上面两行字，又看了眼明礼的背影。

建个科室，一年，时间来得及。

明礼和陆天枪一唱一和，硬是把简意拐上车和他们一起去了湖畔别苑。明礼出示证件，门卫保安没有阻拦，成功放行并联系到物业保安室，调取了二十六日晚上的监控。明礼直接点名要三号门的监控。

陆天枪纳闷：“老大，为什么是三号门？”

明礼说：“C 栋十二户离三号门最近。”

“你怎么知道？”陆天枪又问。

简意在心里给陆天枪鼓了鼓掌，抬眼看明礼。

刚才在医院，明礼去洗手间洗手时，简意旁敲侧击问陆天枪知不知道明礼住在哪里。陆天枪说老大就住在市局隔壁的锦绣小区，普通小三居，一个人住。小区离单位近，不忙的时候中午还能回去睡个觉，要赶上忙的时候，半夜也能回家困个觉，刑警队好多人都去过。

简意又拐弯抹角问他前两天微博热搜的事情，陆天枪摆摆手一副嫌弃的模样，说他们刑警队一天到晚忙得要死，没时间关注八卦，更是连微博都没有。等到好不容易闲下来，都是往死里补眠睡觉，谁会把宝贵的时间浪费在网上，尤其是明星这些八卦。

当时简意刺了他一句：“我见你平时也挺爱好八卦的。”

陆天枪挠头不好意思地笑着说：“那要看是什么八卦，老大和你的八卦我就喜欢打听。”

以陆天枪的城府和他这张守不住秘密的嘴，如果他知道明礼以李灿神秘男友的身份登上微博热搜，他肯定会拿出来说个一年半载。

陆天枪不知道，明礼也有可能不知道。毕竟，那条八卦只在微博热搜待了不到半个小时。热搜被撤了后，全网所有有关这则八卦的帖全被删得一干二净。

这么说来，热搜和删帖都是李灿方处理的。李灿有什么背景？她和明礼到底什么关系？

简意咬着拇指肚看着明礼的侧影，想要问问顾哲这几天在忙些什么，有没有帮她查李灿的来头。还有明礼，他背景肯定也不简单。

正在查看监控的明礼感应到简意的视线，扭头看过来。见她在啃拇指肚，明礼心尖就一阵痒痒，什么时候她能啃啃他的拇指肚？明礼抬起手，差点儿就把手指头直接塞进她嘴里。他手掌往上，最终落在了她脑袋上揉了揉。

“看出什么来了？”嗓音带着点儿哑。

简意啃着拇指肚，没躲没闪：“什么？”

明礼手掌没离开她的脑袋，眼神灼热：“你不是一直在看我？看出什么来了？”

“我在看监控。”简意耳尖一层层变红。

明礼笑了笑，右手从她脑袋上拿开，自然而然揉了下她的耳朵尖尖：“真好看。”

陆天枪站在他俩旁边，感觉自己就像个证婚人。他不由抬手揉了揉自己的耳垂，手感一点儿都不好。他蠢蠢欲动想要跳起来摸一下老大的耳垂感受一下触感，被明礼的左手给挡了回去：“滚一边去。”

明礼再揉了下简意的耳垂，眼神宠溺，声音柔和似水：“不是说你，我在说咱们的傻儿子。”

简意的反射弧绕着地球跑了八百圈，终于绕了回去，她偏头抬手打掉他的胳膊：“你不要总是这样！”

“好。”明礼笑着收回手，“我以后尽量控制。”

陆天枪盯着明礼，觉得此时此刻的老大简直酥破天际酥破苍穹。他恨不得都想变成女装大佬去让老大也这样捏捏自己的耳朵尖尖。

“这个是你们要找的人吗？”保安大叔指着监控问。

明礼这才从简意脸上挪开视线，他扭头看向监控画面，习惯性皱了皱眉，神色立刻正经起来，一秒进入工作状态。

简意深吸了一口气，降下被他撩起来的火，跟着凑过去。

监控里的莫小茹头发盘起，在正头顶扎了个花苞头，整张脸都露了出来。她身着白色风衣，领口开得很大，拎着化妆包，神色匆匆走到一根灯柱下停住。她左手拎着化妆包，右手从风衣外套里掏出手机看了眼屏幕，手指在屏幕上划了下放在耳边。

通话时间持续两分钟，她情绪好像很激动。通话结束后，她跺了下脚，对着手机屏幕情绪激动地吼了句话。从口型上来看，她应该是骂了句脏话。

明礼看向陆天枪：“莫小茹的通话记录查了吧，这个时间段她所有打出去和打进来的电话筛一遍。”

陆天枪早就掏出来一个小本，打开翻到其中一页，手指点着其中一行说：“查过了，二十六日晚上二十三点零八分，她接了一个电话，通话时间和监控里的正好能对上。网络电话，加了代码掩护，查不到来源。”

明礼拧眉。

“莫小茹有两个电话号码，一个工作号，一个私人号。二十六日晚上直播中断后，有挺多人给她打电话。她对外公布的是工作号，大家打她工作号，一直都是关机状态。”陆天枪继续解释，“她通话的这个号，就进来这么一通，以前也没有过通话记录，二十六日以后没再使用过。”

监控里的莫小茹收起手机，仰脸看了下天空深吸一口气，把目光投向C栋别墅区，拎着化妆包朝着那个方向跑过去。她再次出现在监控里是在C栋十二户门口。因涉及户主隐私，小区安防监控只能拍到院门口，拍不到房门口，所以不知道是谁给莫小茹开的门，甚至说不知道莫小茹是否真的进入了房间内。

监控一直往后赶，时间轴停在凌晨一点二十五分，莫小茹衣衫凌乱地从十二户院门口出来，手里依旧拎着进去时的化妆包。她头发散开披在脸上，低头掩面，哭着一路跑出监控区。

“你那个同事韩冲，他是几点过来蹲点的？”明礼问。

简意：“凌晨一点十分接到匿名爆料，韩冲赶过来的时候已经是凌晨一点四十了。”

怪不得韩冲没蹲来莫小茹，他赶到的时候，莫小茹已经从十二户出来了。

“十二号业主是谁？在家吗现在？”明礼问一旁的保安队长。

保安队长登录业主系统：“业主名字肖广平，没有显示出租，是他自住。”

刚才帮助查看监控的保安大叔说：“今天家里应该有人，电表还在走着。”

“监控拷贝给我一份。”明礼看了眼简意，“两份。”

简意顺从地掏出自己的U盘，交给保安大叔：“谢谢。”

陆天枪也从兜里掏出一个U盘递过去。拷贝完监控视频从保安处出来，他们直接去C栋十二户。

“我什么时候能在这里买一套房啊。”陆天枪一路感慨，“这里住的都是明星吗？”

“我知道的有肖君、李思录和肖广平。”简意顿了下，“还有李灿。”

“肖君和肖广平有关系吗？都姓肖。”陆天枪问。

“没吧。”简意说。

“李灿是谁？”陆天枪问，“也是个大明星？”

简意觉得今天的陆天枪格外可爱。

“你不知道？”简意装作惊讶的样子抬眼看着陆天枪，眼睛余光瞥向明礼，“李灿是圈里出了名的神秘女王，大家都不敢得罪她。”

明礼：“放屁。”

简意正大光明瞪向他。

明礼笑笑：“我不是说你。”

陆天枪总感觉老大整个人都变了，说话柔声细语，眼里带水，整个一铁汉柔情。逻辑逆推——因为把她抡在了墙上，所以才会对她柔情似水。那么，我也好想被老大这样抡在墙上一次。

“那你说谁？”简意理所当然问。

“除了你以外的那些娱记。”明礼眼底带笑说。

“你知道李灿？”简意顺着问。

“又想着爆料？”明礼避开简意的问题，抬手习惯性摸她的脑袋，“不如多想想莫小茹想让你帮忙爆的料会是什么。”

简意抬胳膊狠狠打掉他的手，绕到陆天枪右侧。

明礼尴尬地把手抄回裤兜，纳闷。刚不是还好好的？难道是可以摸耳朵，不可以摸脑袋？要不是已经走到肖广平家门口，他就再绕过去摸下她的耳朵尖。

第九章

肖广平家里只有保姆一个人，她说肖广平昨天刚离开湖城去国外参加一个艺术节。

二十九日莫小茹直播后失踪，肖广平三十日离开湖城。真有这么凑巧？

肖广平家里一尘不染，就算这里是案发现场，也早已被清理干净。陆天枪为了确保万一，还去了地下酒窖，没见着脑补中的囚禁画面。

家里没有安装监控，保姆表示前两天因她老家有事，向肖广平请了三天假回老家，二十五到二十七日这三天她不在这里，从没见过莫小茹出现在肖广平家里。有来回机票票根证明，保姆这三天确实不在湖城。

目前来看，除了肖广平和莫小茹，没人知道二十七日凌晨这里发生了什么。案件又进入停滞状态，局里也没有传来莫小茹的消息。一个大活人，就这样凭空蒸发了。

“给你们周刊爆料的那个网友，能查出来是谁吗？”从肖广平家里出来，明礼问简意。

“刚注册的微博小号，我让顾哲查过，挂的虚拟专用网络，查不出来。”简意说。

“有备而来，是个知情人。”明礼沉吟道。

“极有可能是和莫小茹联手的知情人。”简意蹙眉说，“你们查一下莫小茹的亲密联系人。”

“我说，你们说话慢一点儿，我要记下来。”陆天枪拿出小本本，“为什么说这个匿名提供照片的人是和莫小茹联手的知情人？”

“我现在百分百肯定，莫小茹之所以只接受我的采访，就是想通过我的口来爆一件大事。这个事只会比李思录的性质更加恶劣，所以她极其谨慎。”简意继续，“二十六日晚上直播结束后，莫小茹来到这里见肖广平，和她一起来的同伴给她拍了张照片，匿名发给周刊，就是想和我搭上线。”

明礼目光深邃地看着简意，好想立刻把她拉进怀里，觉得此刻的简意来劲又可爱，有点儿像呛口小辣椒和小甜心的结合体。

简意不去看他，转而看向陆天枪：“听懂了吗？”

“啊？哦，懂了懂了。”陆天枪边记边说，“接着说，这个速度我跟得上。”

“我觉得你还是没懂。”简意看着他，“你不去保卫处调取二十六日晚上到二十七日凌晨的监控，找出那个躲在一边给莫小茹拍照的人吗？”

陆天枪瞪着眼睛拍了下头：“我这就去。”

“你不去调查肖广平？”简意斜了眼明礼，“莫小茹要爆的这个事肯定和他有关。”

明礼头一回被人指挥干活，要搁以往他肯定早就生气了，但是简意不一样，被她指挥，浑身格外舒坦。

明礼撸了下寸头："你以后跟着我破案吧，我可以让局里给你个顾问身份。"

"不用，别想，别劝。"简意往吉普车前走，"我跟你们过来，纯粹是因为莫小茹。"

"好好好。"明礼笑着大步一抄就撵上了她，主动为她拉开副驾驶门。

简意拉开后门，拎出来摄影包关上门："我回家再仔细看看拷贝过来的监控视频。"

"我送你回家。"明礼跨步到她跟前，"你一个人回去，我不放心。"

跟他在一起，她才不放心呢。简意拎着摄影包往前走："如果莫小茹真的被绑架，早揪出肖广平，她就早一分钟被解救出来。"

明礼自然知道这件事的紧迫性，明白现在不是你侬我侬的时候。他没有再坚持，只是抬手在简意后背上轻轻揉了几下："还疼吗？"

简意冷脸："本来不疼，被你一碰就开始疼。"

"对不起，小甜心。"明礼立马缩回手在自己寸头上摸了把，"那家酒吧的'小甜心'被我承包了，以后你再去点'小甜心'的时候说你是十佳市民，调酒师就会给你调一杯。只调给你一个人，别的什么人都不行。"

简意拎着摄影包一个急转身快步离开。明礼看着她的背影直笑，就是喜欢看她被自己逗脸红，手脚不知道往哪里放的样子，太可爱了。

简意暂时抛却了明礼和李灿的那点儿破事，一门心思扑在拷贝回来的监控视频上。她拉着监控来来回回看了十多遍，终于看出端倪来。

莫小茹因为脸盘比较大，除了化妆时把头发扎起来，她发布在微博上的照片几乎全是散着长发修饰脸型，但是她在监控里出现时扎了个正儿八经的花苞头。亮眼的白色风衣，领口敞开，完完全全露出脖颈和五官。

上周有台风经过，湖城突然降温不少。二十六日夜里二十七日凌晨，湖城的温度只有五摄氏度。她这样的穿着打扮，根本就不御寒，硬要说美丽“冻”人的话，这样一点儿也不美。她这是想吸引别人的注意！

找出这个意图后，简意再重新来看监控，就看出了更多的东西来。比如——莫小茹站在灯柱下接电话，挂断电话后，她仰脸看了下夜空。其实她看的不是夜空，她是想抬脸，让上方的摄像头准确清晰地拍到她的脸！

打进莫小茹手机里的那通电话是网络电话，追踪不到来源，有可能来自肖广平，还有可能是来自那个躲在一旁给她拍照的同伴。如果是后者的话，她们这样做的目的是什么？

简意啃着拇指肚看着监控画面里情绪激动的莫小茹，一个念头浮上来——莫小茹在表演。她之所以接这个电话，为的是走进灯柱上的摄像头监控范围内。莫小茹费这么多心思，就是想把简意的注意力往肖广平身上引。

如果真是这样，莫小茹就有可能不是被绑架，而是故意躲了起来。

简意松了口气，揉着发涨的眼睛给明礼发微信，问他肖广平是不是有着不为人所知的背景，并把自己的猜测告诉了他。

明礼语音回复，大概说了下肖广平的情况。

肖广平凭着在乐坛的地位，这几年的手不断往外伸，不只娱乐圈内，圈外他也有涉足，在湖城的影响力不如在他们老家，他在老家花城有些门路，被称为“花城一条龙”，没干出过违法乱纪的事情，至少明面上是这样，手脚很干净。

简意仰头往椅背上靠，怪不得莫小茹如此谨慎，连肖广平的名字都不敢提。

肩背磕在椅背上，她疼得抽了一口气。从医院出来的这一路她没觉得怎么疼，也有可能是一直坐着不动看监控的原因。

简意一路脱着上衣到穿衣镜前，后背一片淤青，靠着肩的地方还擦破了层皮。她骂了明礼一句，向后伸胳膊，有至少三分之一的地方够不着，这怎么涂药？药呢？她好像没拿回来。

简意正在想药是落在医院还是丢在车上，听到门铃响，随之是明礼的声音：“是我，来给你送药。”

简意慌忙扯着衣服往身上套，穿戴整齐，一开门看见明礼的那瞬间，她觉得药根本不是落在了哪里，而是被他偷偷藏了起来。

明礼拎着药上门，一脸居心叵测的笑：“我问过医生了，药最好一天涂三次，算着时间，现在该涂药了。”

所以，他的意思是他给她涂药？臭流氓。

简意：“药你放下，我待会儿自己涂。”

“你的小短手能够得着？”明礼一屁股坐在沙发上，打开袋子扒拉着药膏。

“不用你管。”简意一个字一个字往外蹦。

“好，不涂就不涂。”反正以后还有机会，不差这三五天。

明礼丢下药站起来，自来熟地往书房方向走："我觉得你在微信里说的还挺靠谱，不过我还是想再跟着过一遍监控。至于肖广平，他说他因工作各方面原因和莫小茹见过几次面。二十七日凌晨他是在家里没错，但是根本没见着莫小茹，他表示会积极配合警方调查，后天回国。"

简意深以为，如果他打定主意不走，就是拿火箭炮轰都轰不走他。李灿这件事上亦是，他不主动开口，扳手都撬不开他的嘴巴。

简意抿着唇关上门，跟着他走到书房："肖广平二十七日凌晨在家？二十七日一整天他都待在家里？那天我在他家门口蹲了一整天，也没见着他从家里出来过。"

"二十七日那天你在湖畔别苑？"明礼靠着电脑桌，抬眼问。

"哦，我去接替韩冲，他晚上蹲了一夜。"简意平静道。

明礼盯着她的脸看了会儿，在简意以为他会主动提及他那天早上也在湖畔别苑时，他突然问道："你说韩冲几点到的C栋十二户？"

简意胸口堵着一团气："凌晨一点四十分。"

"肖广平说他凌晨一点三十分从家出去，门岗有车辆出入记录。"明礼捏了捏眉心，沉思道，"莫小茹凌晨一点二十五分从肖广平家院子里跑出来，匿名网友发给周刊的照片是在凌晨一点十分。"

简意听出了他话里的意思，她也跟着蹙眉："那张照片显然是在去肖广平家以前拍的，时间大概在二十六日晚上十一点十分以前，莫小茹的同伴为什么没有立即把照片发给周刊，而是晚了整整两个小时？"

"莫小茹不想让你们那个时候就和肖广平碰面。"

“因为她觉得还不到时候，或者说她没有准备好。”

“我不想要陆天枪了。”明礼猛地拍了下大腿，露出一口白牙笑，“我想要你。”

说着说着明礼大手摸到后腰，从后裤兜里一把扯出个红色绒布团。

简意的脸一秒涨红，徒手掏出一条红色绒布……内裤？这个操作是怎么来的？

明礼的手在她脸前一抖，简意屏气眨了下眼——十佳市民的锦旗。

“我亲自盯着让人做出来的。”明礼说着提溜着锦旗往她身上一比划，“你要不喜欢，可以剪一剪做个肚兜，布料包管够。”

和明礼一起站在莫小茹家里时，简意也没想起来她是怎么从尴尬里解脱出来，又是怎么被明礼连哄带骗，连拉带拽到莫小茹家里的。

莫小茹租住的是一室一厅的单身公寓，不知道是不是被人闯入过的原因，屋里有点儿乱，至少在简意印象中，她二十八日来这里采访莫小茹时家里没这么乱。

“会不会破坏现场？”简意问，“要不要采集指纹？”

“刑警队来过了。”

“房门的锁是刑警队撬的？”

“警察怎么可能会撬锁？”明礼刚说完就自个儿笑了出来，“我那次例外。”

简意并不想回忆那段撬锁经历：“所以，房门是你撬的？”

“我今天第一次进屋，刑警队来以前就被撬过。”明礼又补充了句，“刑警队是二十九日中午过来的。”

二十九日早上莫小茹第二次微博直播，因莫小茹刚上演过“狼来了”，全网都在骂她炒作无底线时，刑警队能在当天中午登门调查取证，出警速度算是相当快了。

“肖广平撬的？”

“不确定。”

“没有监控？”

“监控坏了有一周，业主向物业反映过。物业不作为，一直拖到二十九日刑警队来调查时才给修了监控。”

“监控是怎么坏的？人为破坏？”

“确实是。”明礼看着简意，忍不住在她头顶抓了把，眼里尽是欣赏，“你这都是跟谁学的？”

“不及顾哲十分之一。”简意往后躲了躲，“你不要总是摸我头。”

“小姑娘不都是喜欢摸头杀？”明礼睨着她笑。

这是把锅甩给小姑娘们背？简意鼓了下腮帮：“不是！”

“龟儿子。”明礼骂了句，“陆天枪说追女孩的必杀技之一就是摸头杀。”

这是把锅又甩给了陆天枪？他就是死也不承认是自己的问题。

明礼又嚣张地说：“顾哲不及老子百万分之一。”

简意不想和他说话。

没在莫小茹家里找到实质性线索，陆天枪从湖畔别苑调取的监控里也没有找到给莫小茹拍照的人，刑警队依旧没有查到莫小茹的行踪，案子停滞不前。

从莫小茹家里出来，天已经黑了。今天一整天对明礼来说是充实又刺激——见着简意把她抡到墙上；抱她去医院，向她表明要追她；揉她脑袋，摸她耳朵；和她一起查案……而且接下来的几天，看样子她都会和自己待在一起，起码得找到莫小茹为止，明礼心神荡漾。

简意要回家，这么好的时刻，回什么家！明礼借着刑警队要感谢她的由头，押着她去吃了顿饭，又半强迫着她陪自己在护城河边走了走。

明礼瞅着前面半明半暗的一片树影，他拉着简意走过去。看着斑驳树影里的她，明礼却突然什么都做不出来，什么也说不出来。

他掏出一根烟咬在嘴里，手拿着打火机在掌心转了几圈，睇了简意一眼，问："烟瘾犯了，我能来根吗？"

简意胳膊搭在栏杆上，轻轻点了点头。

西南风向，明礼自觉绕到简意右侧，这才拢手点着烟深吸了口，一缕烟雾随着夜风飘向他的右侧。

简意扁了下嘴，还算是有修养。

明礼眯眼看着河面波光粼粼，默默抽了半根烟。

他突然安静下来不作妖，简意觉得太过反常。事出反常必有妖，简意耐不住偏头去看他——他吸烟很用力，脸颊凹陷时，脸上的光影斑驳跟着一起浮动。

抽个烟而已，连带着树影都有了野性的生命力。简意手肘支撑在栏杆上蹙眉，这样的他，好像很遥远。上次见他这个样子还是从医学院出来，他"强迫"她上车，她说要和他交换殷文秀的情报。他在前面开着车，那个时候的他，就是现在这个样子——沉默而又有力量，即使一句话不说，也有着致命的吸引力。

是从什么时候起他的画风突变？变得如此一言难尽？

一帧一帧往前推的话，貌似是从医学院出来，他们和陆天枪三个人一起吃火锅时，他加了她微信开始挑逗她，他整个人突然就变了。

“看够了吗？”明礼咬着烟屁股突然扭头。

简意慌忙垂下眼眸。

“你在想什么？”明礼又问。

简意小声反问：“你在想什么？”

“我刚脑子里过了遍莫小茹的案子。”明礼如实回答。

“有想出什么来吗？”

“没有，基本和咱们白天时得出的结论一样。”明礼咬着烟屁股又追问了句，“你刚刚在想什么？”

“我刚刚想起殷文秀的案子。”简意踢着脚下的小石子，鼓足气低头小声说，“我觉得那个时候的你和现在不一样。”

“怎么不一样？”明礼靠过来，睨着她问。

“就是……”简意扶着栏杆往旁边挪了挪，“你以前都是这样到处撩妹的？”

“什么叫到处撩？”明礼大掌拍在栏杆上，眯眼瞧她，“白天在医院时，我是不是跟你说过，我没有追女人的经验，目前为止就只追过你一个人。”

简意咬了下唇：“如果你真的是在追我，那么我可以直接告诉你，我不喜欢这种追求方式。”

其实你什么都不用做，我就挺喜欢。

“真不喜欢？”明礼转了个身，背靠着栏杆，语气里满是惊讶。

简意：“没人会喜欢。”

“别人不喜欢我还相信，但是你不喜欢？”明礼一口烟吸到底，

“你不是就好这口？”

简意愣了愣。明礼盯着她看了会儿，抬手撸了下寸头，神色里好像有那么点儿不好意思。他从裤兜里掏出手机解锁屏幕，熟练地打开一个收藏夹，戳进一个八卦论坛，再打开一个置顶的精华帖：“这个帖子不是你发的？”

简意疑惑地凑过去，大红加粗辣眼睛的标题党——“霸道总裁撩妹追妻的一百零八种正确姿势”。

她在医院养伤的那段日子，天天躺床上实在是太无聊，在八卦论坛更新分析明星爆料贴的同时，也随手开了个恶趣味的帖子，就是这个辣眼睛的霸道总裁追妻计。

帖子里，她汇总了影视剧里的各个经典狗血桥段，诸如：××被我承包了；得不到你的心我也要得到你的人；先亲为敬，你值得拥有……

网友跟帖：如果有人这样追自己，做梦都会笑醒；霸道总裁我要给你生猴子；这样的霸道总裁给我来一打……

这明显是在反讽！他看不出来？

简意看傻子一样看着他：“反讽看不出来？谁信谁就是傻。”

明礼把手机塞回裤兜，烟头丢在地上用脚踩灭，转了个身，面朝着暗香浮动的河面又低低骂了声。为了追女人，老子跟地主家的傻儿子一样，脸都豁出去不要了，结果你告诉我，这些都是假的？人与人之间的信任呢！

简意突然想笑。他不仅当真，还真的是按着帖子里的招数一步步来——酒吧的“小甜心”被我承包了。简意咧开的嘴角僵住，帖子里最后一招是啥来着？

她偏过头避开明礼投过来的视线，脚尖踢着地上的小石子，打算摊开来直接问：“二十七日那天早上我看见——”

简意停住，护城河边上停了辆车，好像是顾哲的，车牌号看不清。她眯了眯眼，从明礼胳膊下钻出去，朝着那辆车走过去。走近看清车牌号，就是顾哲的车。车没有锁，简意弯腰敲了敲车窗。顾哲降下车窗。

简意胳膊搭在车窗上：“顾哲，你怎么在这里？”

“兜风。”顾哲的脸朝副驾室偏了偏。

副驾驶位上坐着一个美女，美女的脸偏向右边车窗，只是个侧脸，简意看了眼便认了出来——李灿。

简意觉得不可思议，怪不得这两天见不着顾哲的人影：“你们……认识？”

“一见如故。”顾哲懒洋洋说。

顾哲上手这么快？简意惊掉下巴，她张了好几次嘴，最后说：“你们先忙，那个，你腾出空来我家一趟。”

“今晚没空。”顾哲说。

简意抖了抖眼皮，刷新李灿在她心目中的认知。

李灿的脸本来一直朝向右边车窗，不知道出于什么心理，她突然转过脸，眼神凌厉，带着点儿傲慢斜扫过简意。然后，她抬起那只芊芊玉手，落在顾哲衬衣领口，给他整了整衣领。

简意目瞪口呆。顾哲慵懒地靠在椅背上，任由她整理着衣领。待李灿整理好，右手离开他领口时，顾哲嘴角噙笑，捉住她的手捏了捏。

李灿和顾哲对视笑了下，抬起眼皮瞟向简意，稍稍扬了扬下巴，像是宣示着女王地位。这嚣张里带着挑衅的眼神，这种感觉，不知为何，莫名让简意想起了明礼。

突然，李灿目光闪躲，她甩开顾哲的手，从置物台上急匆匆抓起一副宽大到可以遮住整张脸的墨镜戴上，再把半边长发拨下来盖住半张脸，给了简意一个后脑勺。

一个大掌从天而降，落在左边车窗上。

“既然碰上了，喝一杯？”明礼弓腰，往车里看了眼。

“开车，不能酒驾。”顾哲顶着一张好市民的脸，“警察同志，不要钓鱼执法。”

“副驾驶位上这位朋友呢？”明礼接着问。

“显然，她不想和你喝。”顾哲冲着明礼挑了下眉梢。

“约会？”明礼再问。

顾哲对着明礼笑了笑，张开嘴，来了个标准的唇语。

简意在夜风中凌乱，李灿和他们两个人同时交往？

明礼眯眼盯着顾哲看了会儿，然后他直起身，胳膊突然一伸揽住简意把她拎起来，扛她在肩上掉头就走。

简意在他肩头尖叫着，向着顾哲使劲儿挥胳膊，声音里带着哭腔：“顾哲！哥！”

从小到大，除了在顾父顾母跟前喊顾哲哥，剩下屈指可数的几次都是遇到生命危险才会下意识叫他哥。顾哲拎着一个球棍就摔门下车。

“顾哲，不要。”李灿见顾哲拎着球棍下车，扯下脸上的墨镜慌忙跳下车。她踩着细高跟一步三晃在鹅卵石路上，根本就拦不住血槽满满的顾哲。

明礼背上中了一记闷棍。他龇牙骂了声，把简意放下来。简意从他身上滑下来的时候抬手在他脸上狠狠抓了下，所过之处留下五道清晰的抓痕。

简意红着眼睛死死瞪他，顾哲抢了你一个情人，你就泄愤想把我当成她的替代品？

明礼把简意放在地上，抬起胳膊挡住顾哲飞来的第二棍。他手落下来的时候，若无其事在简意脑袋上揉了把：“我又不会吃了你，我就是想和顾哲切磋一下，你在这给我老实待着。”

自觉安抚好简意，明礼这才转过身，劈掌迎上顾哲第三棍。虽然顾哲身高有一米八，但是还是比明礼矮了六七厘米，胳膊腿也比明礼细一圈。他拿球棍扫过来的时候，明礼憋着一股气劈掌迎上，掌心摊开攥住球棍再用力一拽，带着顾哲往前踉跄了一步。

顾哲也聪明，他突然松开球棍，明礼失去重心，握着球棍另外一端往后踉跄了半步。顾哲趁机攥紧拳头砸中他心窝，再抬脚蹬着他的膝盖，把明礼压翻在地上。明礼把手里的球棍丢在身后一片夜色里，按着顾哲的肩膀把他摔在地上，再被顾哲扼住脖子。

两人闷声打架，极为有默契，都不打对方脸。

球棍被明礼扔进背后的夜色里，落地的时候砸出很响的动静。简意和赶过来的李灿对视了眼，几乎同时，两人拔腿就向着声音跑过去。完全无意识，也完全不懂为什么非要抢那根球棍。

本来是简意先够着球棍，李灿穿着细高跟飞奔过来，一下踩在球棍上，以一种女王藐视平民的姿势居高临下，她俯视着蹲在地上的简意。最讨厌被人俯视了，简意拿着球棍一端猛地往上一抬，把李灿掀翻在地。她愣了下，犹豫着过去查看李灿有没有伤着。

李灿直挺挺躺在地上，借着远处的灯光狠狠瞪着简意：“敢摔我，我不弄死你。”

既然还能这么底气十足地骂人，简意缩回想拉她一把的手，拎着球棍往明礼和顾哲身边跑过去。跑到他们身边的时候，发现他俩已经休战。简意突然无措，这么快？

两人脸上都没有伤，分不出胜负方各是谁。不对，明礼左脸颊上有五道血红的爪印。

明礼坐在地上扯了一把破烂不堪的汗衫，斜眼看简意："怎么着，想再抡我一棍？"

简意攥着球棍背在身后，躲开他的视线，去看同样坐在地上的顾哲——衬衫破烂。她怯怯叫了声："顾哲。"

顾哲抬起眼皮看了看她，按着地站起来："走吧，回家。"

还是在大学时，顾哲以一抵六把拦着简意要"交朋友"的社会小青年们打翻在地，也是这样衣衫破烂挂在身上，淡漠地看她一眼，冷静地说："走吧，回家。"当时她抱着书包跟在他身后，哭着叫了声哥。

多少年过去，情景再现。简意哽咽道："哥。"

顾哲面无表情扫了她一眼，什么也没说，继续往前走。

明礼在后面吼了一嗓子："上半场结束，再约个时间继续下半场。"

没人理他。明礼坐在地上，望着手攥球棍的简意，抬手摸了摸左脸颊上的五道抓痕。今天这一天过得可真来劲。

简意垂头紧抿唇跟着顾哲一路到车前，拉开副驾驶门坐下。副驾驶座椅上有一个女式手拿包，想来是李灿留下来的。简意想也没想，降下车窗就把手拿包丢出去。顾哲坐在驾驶室，掰着内视镜看了看脸，又整理了下头发。

"你有没有伤到哪里？"简意扯了下他的衬衫，没见着身上有血迹，"骨头和内脏有没有问题？去医院吧。"

"不用。"顾哲启动引擎，"他没有下死手。"

简意抿了下唇。

“我也避开了他的要害部位。”顾哲扯着唇角笑了下，“你们不是接了个案子？他残了的话影响办案效率。”

打了一场友好的架？

“还是去医院检查啊——”简意的心脏直蹿到嗓子眼。

车前突然冒出个人影，不怕死地挡住去路。

李灿拎着一双高跟鞋，光脚站在车前，眼神凌厉夺魄，甚至隐隐带着些意味不明的决绝，仰起头直直盯着驾驶位上的顾哲。她一句话不说，只是盯着顾哲。

李灿本来长相冷艳，自成女王气场。她身着长及脚踝的红色风衣，徐徐夜风吹起波浪般的长发，极其有范儿。

简意看着她，脑子里浮现出李灿在某部电影里的一个长镜头——她扮演的女主是战败国的公主，敌军攻进城门时，她画着高贵冰冷的妆容，身披鲜红色的披风，在城墙上宣讲了一段死前誓言，随即跳墙自尽。

本来是场煽情戏，硬是被她演成了喜剧。据说首映的时候，满放映厅的观众都被她尬出了一个新境界。但是此时此刻此情此景，如果是她演出来的话，在简意看来，完全是演技炸裂。如果在那部电影里李灿拿出现在五分的演技，也不会被网民吐槽到现在。

简意：“顾哲，她不是演出来作秀给你看的，她是来真的。”

顾哲无甚情绪，脚踩着油门继续朝前开去。李灿迎着夜风，不为所动。眼看车头就要把她撞飞，简意扑向方向盘的同时，明礼一把抓起李灿，把她甩在路边花丛里。

“顾哲！”简意出了一身冷汗，瘫软在副驾驶位上，“你差点儿撞上她！”

顾哲慢悠悠地说："警察不会见死不救。"

简意踢着脚底下的球棍，想拿起来把顾哲的脑袋敲开："你和李灿怎么回事？"

顾哲淡淡说："就那么回事。"

"什么那么回事？"

"朋友。"顾哲说。

李灿一声不吭从花丛里爬起来抬手顺了下头发，捋掉上面的草屑。

"长能耐了？"明礼啐了口唾沫。

李灿捡起高跟鞋弯腰套在脚上："没你有能耐。"

"以后玩大发了甭来找我。"

"用不着你瞎操心。"

明礼拾起被简意丢在地上的手拿包，大力拍在李灿脑袋上："如果不是我，那小子就把你撞飞了，你还在这上演一出离别恨，我都替你害臊。"

"他不会。顾哲是我同学。"李灿夺走他手里的手拿包，顿了顿，"小学同学。"

"小学同学？蒙谁呢？"明礼说，"那小子大学以前都在南城，你什么时候跑……"

明礼住嘴，记忆中小姨因为生意原因，曾经带着李灿在南城待过半年。他看着李灿，觉得不可思议："小学，一个学期？你这样的人还能交到朋友？就算有哪个眼瞎的和你交朋友，那人绝不会是顾哲。"

李灿裹着风衣挺直脊背不说话。明礼看着她，不知想起了什么，突然笑了起来。

李灿白他一眼："你笑什么？"

"顾哲该不会就是当年那个，那个……那个骗你说去参观豆苗，结果把炮仗丢进粪坑里，炸了你一身屎的那个小学同学吧？"

李灿抽了抽嘴角。

"狗改不了吃屎。"明礼骂了句，朝前大步走，"你自个儿吃去吧，到时候塞着了牙自己躲一边儿剔。不过我事先告诉你，吃噎着了可别来找我，十个小姨也没用。"

明礼走了几步，突然转身再走回来，一脸讨好地笑，问道："你当时在南城待的那个学期，记不记得顾哲身边有个小女孩？比你们低一级。她那会儿什么样？是个小可爱还是小辣椒？"

小可爱？小辣椒？李灿一阵恶寒。

"刚刚那个？"李灿甩了下头发，"我是记得当初有那么一个小女孩，至于她是什么样，我不会告诉你，十个大姨也没用。"

明礼真想把她一脚踹到顾哲跟前，让顾哲这个非人类把她挫成灰。

顾哲开车把简意送回家，简意执意给他涂了红药水。他窝在沙发上玩着手游："衣服破了，你赔我一件。"

"好，明天就去买。"简意盘腿坐在地毯上，抠着手指犹豫了好久，"你知道明礼和李灿的关系？"

"哦。"

"什么关系？"简意觉得自己嗓音里带着颤。

"我是知道，"顾哲抬起眼皮懒洋洋地说，"但是我不想告诉你。"

不想说的原因是因为明礼也和他一样，和李灿有特殊关系？

简意掌心的手机连着振动了几下，通知栏显示进来三条微信消息。她点开，明礼发来三张照片——他裸上半身站在镜子前，拍了三处受伤的部位。后背和胳膊上各一道红肿的棍痕，要比她后背的淤青严重得多得多。第三张照片则是他的脸，左脸颊五道抓痕，一看就是指甲划出来的。

简意咬了下手指甲，好像该修剪了。

明礼又发过来一条文字："气消了没？"

简意愤恨地退出微信。图片刚消失在她视野的瞬间，眼皮突突跳个不停，总感觉哪里不对。她重新打开微信，点开明礼发过来的照片——镜子一看就是宫廷风，跟他在市局隔壁那个锦绣小区一点儿都不搭，就算他室内装修就是这个风格，但是……简意再把照片拉大，镜子前面的洗手台上有瓶卸甲水。

他那号人物，估计连卸甲水是什么都不知道。

简意死死摁着电源键关机，眼眶里瞬时蓄满泪："我不谈恋爱了。"

顾哲斜了她一眼，什么也没说，只是把游戏音效调大了两格。一局结束，他这才抬头，看着已平静下来的简意，说："哭够了？"

简意低头把丢在地上的团团废纸巾拾到垃圾桶里。

"你真不打算和明礼谈恋爱了？"顾哲问。

"和谁谈也不和他谈。"简意瓮声说。

"那行，不谈恋爱就相亲。"顾哲一脸平静地给她发过去一条微信，"简妈给我的相亲名单，让我替你把把关。我查过了，湖城中医院的一个主任医生，人还行，没什么大毛病，联系方式发给你了，你哪天去见见。"

顾哲头枕双臂，躺在沙发上，跷着二郎腿晃荡着，不知想起了什么，他眯眼扯着嘴角笑："我找到一件好玩有趣的事情，这几天要开始忙喽。"

"什么事情？"简意问。

"说出来就不好玩了。"顾哲神秘口吻说。

简意鼓了鼓脸颊，又问："那你告诉我，李灿什么来头？"

"她呀。"顾哲意味不明笑了会儿，"我先问你一件事，张斐然借给你的那件 LM 的礼服，你是不是让明礼替你退回去了？"

简意还没来得及解释，顾哲接着漫不经心地说："LM 是李灿家旗下的一个牌子。"

所以，明礼才能不花一分钱地给退回去！简意扁着嘴，胸腔发闷。

顾哲支着脑袋看了她一会儿，从沙发上起身："我回去睡觉，你自己好好想想，是要和他谈恋爱还是去相亲。"

顾哲本来想要说，LM 之所以这样取名，是因为李灿父亲姓李，李灿母亲姓明。明礼为了当刑警，随母姓。李灿的所谓后台背景，其实是明礼的祖父和父亲。他回头看了眼依旧呆坐在地上的简意，突然就不想说了，狗屁的恋爱，自己谈去吧。

三分钟后，他折返回来敲开门："简意。"

简意垂首立在门口。

顾哲叹了口气："和李灿有关系的是我，不是明礼。"

简意猛抬脸，眼圈都是红的。

"你啊。"顾哲无奈轻声笑了下，"他们两个的关系不是你想的那样，我想，如果他想告诉你，自然会让你知道。"

简意抿着唇没有说话。

“我查过明礼的情史，和你一样，一片空白。”顾哲又说，“如果你喜欢，他是个不错的恋爱人选。有我给你撑腰，不怕他欺负你。”

“顾哲。”简意嗓音开始哽咽。

顾哲拖着一贯懒洋洋吊儿郎当的音调，笑着说：“他块头虽然比我大，但是真打起架来，他打不过我。因为我会来阴的，他不会。”

“走了。”顾哲转身踱向走廊深处，背对着她，抬起右胳膊朝她挥了挥手，声音徘徊在空旷的走廊里，“下次再见，他得给我叫哥。”

顾哲走后，简意闷着脑袋冲了个澡，扭着胳膊用了各种怪异的姿势，硬是给背部淤青的地方涂好了药。可能是因为憋着一股气，整个上药过程她没觉得疼。

明礼背上的伤……

当时顾哲拎着球棍抡下去的时候，好像力度还挺大。皮糙肉厚不要脸，活该被打。

误会了他和李灿的关系，误会了他的追求方式，其实仔细想想算不上误会。能相信那个什么追妻一百零八式的人怕不是个傻子。但是，能照着上面一条不落做出来的，这个世界上怕是也只有他一个人。毕竟，别人还多多少少要点儿脸。

说他是故意用这个帖子给自己找个冠冕堂皇的理由，顺便倒打她一耙，简意都信，但就是不想理他。

简意趴在床上逛了一圈论坛更了个帖子，随便写了点儿家有一个哥哥的好处。刚更了半个小时，帖子就被置顶加精，网友们纷纷跟帖盖楼说生活欠她们一个哥哥。

简意心满意足看完评论，心情稍稍好转，她又登录微博把莫小茹的两次直播看了几遍，趴在床上迷迷糊糊地睡着了。

天蒙蒙亮时，简意从噩梦中惊醒。她梦见莫小茹画了一脸死人妆从直播屏幕里爬出来，抱住她的双腿不要她走，嘴里说着帮帮我。

简意开灯在床上坐了一会儿，细细回忆采访莫小茹时的种种情景。莫小茹送过她一支遮瑕笔，遮瑕笔在包里一直没有拿出来过。

简意掀被而起，拿起包来了个底朝天，把东西全倒在地上。

她跪在地上把遮瑕笔拆开，管身里没有字条，遮瑕粉里没有异样。她不甘心地把管身上的英文说明都看了个遍，猜字谜那样琢磨每个字母。

半个小时过去，什么也没琢磨出来。这就是支单纯的遮瑕笔。

简意丧气地坐在地上，手指拽着管口的透明封扯了下，突然愣住。透明塑料封粘掉了管身上的几个英文字母，组合起来，好像能读通。简意断了好几次句，终于读通顺，“WAN HUA”——万华？

湖城南郊有个万华山，是个待开发成旅游景点的荒废山区。这是凑巧还是有意为之？

简意上网输入肖广平和万华山，二者之间并没有丝毫联系。而这个塑料封，如果撕下来的力度和角度不对，上面残留的字母也会有所不同，除非事先有人动过手脚。

简意拿着这截透明塑料封走到阳台，借着第一缕晨光举到眼前，上面的粘胶有些许土颗粒。

她刚刚撕开，浮沉的土颗粒不可能这么快就粘浮上。以前曾被撕开过！

简意睡意全无，她飞快回到卧室捡起遮瑕笔管身重新回到阳台，扯下剩下的半截透明塑料封，高举到眼前，是崭新的，粘胶上没有粘任何土颗粒。

“WAN HUA”真是莫小茹留下来的线索？她这都是跟哪儿学来的？搞这么神秘，有什么话不能好好说。

简意飞速洗漱，准备出门去万华山一趟。就算是万分之一的可能，也是一种可能。不过，莫小茹也太信任自己了，“娱乐圈的福尔摩斯”她可担当不起。

简意边刷牙边点开手机软件约了个车，司机就在附近，十分钟就到了楼下。她连厕所都没来得及上，就急匆匆拎着包下楼出去。

到了万华山时，太阳还没出来。山虽然不算高，但是远远看过去，山顶有一层不算薄的雾霭，增添了些许神秘。

司机关切地问了简意几句，简意说自己是记者，来这里取景做新闻。司机好心地告诉她上山的路，又嘱咐她要注意。

简意没有着急上山，而是绕着山脚在外面走了半圈，脖子上挂着相机拍了几张照片。

今天刚刚进入十一月，山上的枫树像血一样红，莫名有点儿瘆得慌。如果万华山真是莫小茹留下来的线索，她这两天一直藏在这里？

简意按照司机的指示寻到上山的路，拿着手机想要给明礼打电话，但想起昨晚的不愉快，她又放弃了这个念头。现在不是赌气的时候，莫小茹的人身安全最重要。

简意默念了三遍，给陆天枪发了个定位，告诉他今早的新发现和猜测。

万华山不算高，并不陡峭，因被荒置了近两年，路并不好走，仅容一人通过的小路上总是被两旁冒出来的枝杈挡住去路。没人打理自有没人打理的好处，火红的枫叶和金黄的银杏叶交错在一起，有种野性的美。

简意边走边拍照，不知不觉已到了山顶。一路走来没发现有人来过的踪迹。

太阳刚刚升起，驱散了笼罩在山顶的雾霭，红彤彤的日光洒在层林间，美不胜收。

简意拿着相机调好焦距，准备拍张万华山全景图。举起相机准备找角度时，她突然发现前方一棵枫树上的枫叶有些怪异。简意往前走了几步，探身过去想看个究竟。看清浓密枫叶里的东西时，她双腿瞬时软成两根熟面条，一屁股瘫在了地上。

简意的嗓子里发不出任何声音。

曾有研究表明，人在受到极度惊吓，深度恐惧冲击大脑皮层的瞬间，起初什么声音都发不出来。而影视剧中，看到某种刺激画面就尖叫的演法，相较来说，只是一种浅显的表达手法。

火焰般的枫叶中悬空挂着一个身穿红色衣服的人，红色融为一体，不仔细看，根本看不出来。身体不是寻常竖直上吊的姿势，而是和地面平行，横在枫叶中。面朝上，黑色长发垂下来，随风飘在血染的枫叶里。是个女人。

简意兜里的手机铃声乍响。魂魄这才从深度惊惧中回到现实，她尖叫着连滚带爬原路返回。跑到半山腰时，不知从哪里蹿出来一只野狗，跟在她后面追过来。

简意跑出了个新速度，小路两旁的枝杈划在脸上和手上都没有丝毫痛觉。

自鸿卫停车场被SUV追和昨天去莫小茹家被明礼追之后，这是她有生以来达到的最高生死时速。被SUV和明礼追，简意知道他们是人，技术上来讲，可以拼一拼速度，搏出一线生机。

但是现在身处荒山中，她身后跟着一只可能饿着肚子的野狗，林间血染的枫叶里似乎也飘荡着恐怖气息，分分秒秒就能要了她的命。

山里的信号不太好，兜里的手机时不时响那么几声，更添加了几分诡异色彩。简意只顾得夺命跑路，相机掉在了哪里她都来不及管，更是没时间掏手机。

上山她用了四十多分钟，下山她只用了十五分钟。

终于跑出去了，野狗紧跟其后咬住她的衣角，简意扯着外套要脱掉时，迎面蹿过来一个庞然大物的黑影，汪汪叫着，擦着简意的胳膊飞扑在野狗身上。

下一瞬，简意两眼一黑，撞进一个宽阔结实的怀抱里。鼻子生疼，鼻腔里尽是熟悉的味道。

熟悉的安全感。

“跑跑跑，一天到晚就知道跑，显摆自己有能耐！”明礼一把掐着她来了个熊抱，抱她起来的时候，还很有心计地把她两条腿分开缠在自己腰上。

他继续吼：“你的手机就是玩具，打多少遍都不接！再瞎跑信不信我把你腿打断！”

像是刚从海啸里飞出来的一叶扁舟终于安全着陆，绷紧的神经瞬时松懈。简意“哇”的一声哭了出来。

陆天枪领着一队刑警和警犬跑过来：“老大，她没事吧？”

简意哭着说：“山顶……有……有个死……死人。”

陆天枪震惊："死人？"

"你们先上去。"明礼朝他们挥了下手，抱着简意走到不远处的吉普车前，拉开驾驶门跨坐了进去。

"现在知道哭了？你不是很有能耐，要上天吗？"明礼声音气势一点儿不减，带着训斥的意味。

"你凶什么凶！"简意哭着抹泪，情绪激动沉浸在刚才的恐惧中，全然没意识到身体的距离。这个姿势，这个动作，暧昧到不能再暧昧，"你们怎么当的警察，我刚才差点儿死掉。你算老几，凭什么骂我。"

明礼板着脸看她："你再哭一声试试？"她哭起来的样子可真是……丑。

简意继续："你管我怎……"

明礼一手握住她的细腰，一手托住她的后脑勺，猛地把她压在方向盘上。嘴巴包住她小巧的唇瓣，呜咽声全被他吞进肚子里。

昏天暗地，几欲窒息时，明礼松开她。简意脑袋一片空白，怔怔望着他。

"简意。"明礼双目灼灼，声音喑哑，"你什么也不要想，忘了刚才看到的东西。看着我，记住现在的滋味。"

明礼说着，一寸寸靠近简意的脸，再次吻上她的唇。有璀璨烟花在两人脑中绽放。吻到后来，简意在他的引导下，出于人的本能，甚至懂得了如何回应他。感受到简意的回应，明礼更加肆意，呼吸逐渐紊乱急促。

裤兜里的手机铃声突兀响起，明礼贴着她又亲了一会儿，这才恋恋不舍离开她的唇舌，抱着她靠在驾驶椅上。

明礼左掌按着简意的后脑勺，捂她在自己胸口，右手从裤兜里掏出手机，滑开接听键放在耳边。

陆天枪略带惊惧的声音从话筒里传过来：“老大，死者是莫小茹！”

“知道了。”明礼揉着简意的脑袋，敛了下眼里的神色，“我这就过去。”